我們的荊軻

wo
men
de
jing
ke

莫言

序　盯著人寫

沈從文先生曾說過，小說要「貼著人物寫」。這是經驗之談，淺顯，但管用。淺顯而管用的話，不是一般人能說出來的。我改之為「盯著人寫」，意思與沈先生差不多，但似乎更狠一點，這是我的創作個性決定的。首都劇場上演北京藝人排演我的戲《我們的荊軻》，記者多有問我：此戲到底是寫什麼？我說：寫人。寫人的成長與覺悟，寫人對「高人」境界的追求。由人成長為「高人」，如同蠶不斷地吃進桑葉，排出糞便，最終接近於無限透明。吃進桑葉是聆聽批評，排出糞便是自我批判。

好的文學，無論門類，都是寫「我」的，不關乎「我」不能洞察社會和人心。要學習魯迅，寫出那個「裹在皮袍裡的小我」。幾十年來，我一直在寫他人，寫外部世界，這一次是寫自己，寫內心，是吸納批評，排出毒素，是一次「將自己當罪人寫」的實踐。

揭露社會的陰暗面容易，揭露自己的內心陰暗困難。批判他人筆如刀鋒，批判自己筆下留情。這是人之常情。作家寫作，必須洞察人之常情，但又必須與人之常情對抗，因為人之常情經常會遮蔽罪惡。在這幾部劇本中，我自我批判得徹底嗎？不徹底。我知道。今後必須向徹底的方向努力，敢對自己下狠手，不僅僅是懺悔，而是剖析，用放大鏡盯著自己寫，盯著自己寫也是「盯著人寫」的重要部分。一個五十多歲的人，還認不清自己的真面目，對一個作家來說，是有悖職業道德的。

我曾說過，得了茅盾獎，力爭用十分鐘忘掉。十分鐘忘不掉，就用十天忘掉。這不是對這個獎的輕視，而是對膨脹的虛榮心的扼制，如果得了獎就忘乎所以，那是可恥的行為。必須清楚地知道，「高人」並不是我，真正的好小說和好劇本還沒有被「發明」出來。要把目光向那個方向看，盯著在那個荊棘叢生、沒有道路的地方。那裡有絕佳的風景，那裡有「高人」在向我們招手。

感謝精典博維的朋友們將我的三部劇本匯集成書，這是我的第一部劇本集，雖然內容單薄，但還是敝帚自珍。故將不久前在茅盾文學獎頒獎典禮上的感言，略加整理，權作自序。

最後，我要特別感謝我的兄長、著名作家王樹增，其實他是我寫劇本的引路人。《新霸王別姬》是我們合作的產物，但他慷慨地允許我收入自己的專輯。

舞台的魅力無窮，寫話劇樂趣無窮，我下部作品是話劇，劇中的人物與我朝夕相處已經好久了。

目次

霸王別姬

我們的荊軻

主要人物表：

【荊軻】	俠士，三十餘歲
【燕姬】	太子寵姬，二十餘歲
【高漸離】	俠士，善擊筑，四十餘歲
【秦舞陽】	俠士，二十餘歲
【狗屠】	四十餘歲
【丹】	燕國太子
【田光】	俠士，七十餘歲
【秦王】	三十餘歲
【樊於期】	秦國叛將，四十餘歲

第一節 成義

△ 屠狗坊中。

△ 牆上懸掛著幾張狗皮，地上鋪著一片草席，席中有一矮几。高漸離和秦舞陽席地而坐（其姿勢是雙膝著地，臀部壓在小腿上）。高漸離擊筑（似琴有弦，以竹擊之），曲聲激越。

△ 舞台一側擺著一張粗陋的條案。狗屠立在案後，手持大刀，剁著狗肉。

【秦舞陽】（用現代時髦青年腔調）這裡是什麼地方？首都劇場？否！兩千三百多年前，這裡是燕國的都城。

【狗　屠】（停止剁肉，用現代人腔調）你應該說，兩千三百多年前，這裡是燕國都城裡最有名的一家屠狗坊。

【高漸離】（邊擊筑邊用現代腔調唱著）沒有親戚當大官／沒有兄弟做大款／沒有哥們是大腕／要想出名難上難／咱只好醉生夢死度華年……

【秦舞陽】我說老高，您就甭醉生夢死度華年了。打起精神來，好好演戲，這場戲演好了，沒準兒您就出大名了。

【高漸離】怎麼，這就入戲了嗎？

【狗　屠】入戲了！

△台上人精神一振，進入了戲劇狀態。

【高漸離】荊軻呢？今天說好了要演練劍術的，他怎麼還不來？

【秦舞陽】沒準兒是失眠症又犯了。

【高漸離】可憐的荊兄，年紀輕輕的，竟然得了這病。

【秦舞陽】我就弄不明白，人，怎麼可能睡不著覺呢？

【高漸離】誰像你那樣有福啊，腦袋一挨枕頭，隨即鼾聲如雷。

【狗　屠】他剛才託田光老爺子家那個小廝送信來，說要去拜訪一個從齊國來的著名俠士孟孫，不能來了。

【秦舞陽】他總是這樣，每到一地，就提著小磨香油和綠豆粉絲去拜訪名人。哪裡有名人，哪裡就有他的身影。我看他這失眠症啊，多半是想出名想出來的……

【高漸離】兄弟，這樣說話不厚道！出名之心，人皆有之麼。（以左手之食指指著秦舞陽）你不想出名嗎？（右手食指指著狗屠）你不想出名嗎？

【秦舞陽】君子愛財，取之有道；俠士好名，也該成名有道吧？（裝模作樣的）人，總歸還是要有點尊嚴的！

【高漸離】你說得都對，但是，賢弟，俠士是人，荊軻兄也是人，是人就有弱點，不能求全求毀。你知道我最煩的是什麼人嗎？——就是那種搶占了道德高地罵人的人，自己剛偷了一頭牛，轉回頭來就罵偷雞賊。

【秦舞陽】（尷尬地）就是就是，你偷了一隻雞去罵偷牛賊還情有可原……

【高漸離】偷雞的就有資格罵偷牛的嗎？偷雞和偷牛有本質的區別嗎？如果你偷雞

的時候，牛就在旁邊拴著，你能保證不順手牽牛嗎？

【秦舞陽】高先生，我是個粗人，經不住您繞圈兒。

【高漸離】我是說，你可以批評一個俠客的劍術，而不應該去議論他的道德。

【秦舞陽】那俠客的道德該由誰管？提著小磨香油和綠豆粉絲去巴結名人總是一件可笑的事吧？總是一件可憎的事吧？總是一件可恥的事吧？

【高漸離】其實更是一件可憐的事。

【狗　屠】最近綠豆價格大漲，綠豆粉絲的價格也跟著暴漲。

【秦舞陽】沒你的事，別瞎摻和！

【高漸離】俠客的道德問題，自然會有人管，即便是沒人管，也自有神來管。至於我們，最好還是砌磋武功，討論劍術。

【秦舞陽】他老兄的劍術還差那麼一點火候。他去拜訪趙國的蓋大俠，談書論劍，漏洞百出，蓋大俠懶得開口，怒目視之，咱們的荊兄就灰溜溜地逃跑了。

【高漸離】荊兄還是有過人之處的，要不田老爺子也不會賞識他。

【秦舞陽】田老爺子，一個老糊塗麼！他這一輩子，既沒有為民除過暴，又沒有替君除過奸，更沒為朋友插過刀，怎麼就唬嚨出這般大的名聲？儼然是一個俠士領袖？凡是想在燕京俠壇立腕揚名的，必須去拜他的碼頭。（按劍而跽——直腰，臀部離開小腿）被這樣的老混蛋賞識，還不如與他血戰而死！

【狗　屠】看人家得寵眼熱了吧？嫉妒了吧？荊軻是我們的朋友，他待你不薄，小秦。

【秦舞陽】我不是眼熱，更不是嫉妒，我是不服，我是憤世嫉俗！荊軻是我們的朋友，他被老爺子賞識，我們替他高興，也為他可惜。沒聽人家說嗎？「田氏門下，盡是鼠竊狗偷之徒」。即便他田光賞識我，我還不賞識他呢！我可不願意與那些拍馬溜鬚、沽名釣譽的傢伙同流合污，我說的對不對？漸離兄？

【高漸離】舞陽兄少年氣盛，勇氣逼人，即便不被老爺子賞識，出名也是早晚的事。

【秦舞陽】這個浮腫虛胖、百病纏身的燕京，就是欺負外地人。你到俺們那地場去打聽打聽，提起秦舞陽這三個字，上到白髮老翁，下到黃口小兒，哪個不知？誰人不曉？俺十三歲那年，為了解救一個被惡霸強占的少女，就手持寶劍，刺死狂徒，解救了少女，還給她的父母，成就了少年俠士之名……

【狗　屠】（以屠刀剁響案板）哎哎哎，秦舞陽，前天你說是十六歲時手刃狂徒，解救少女，怎麼剛過去兩天，就成了十三歲？

【秦舞陽】（語塞片刻）前天我說的是虛歲！

【狗　屠】你虛得多了一點吧？

【秦舞陽】我們那地方就是這麼個算法。

【狗　屠】你前天還說那少女的父母要把她許配給你做妻室……

【秦舞陽】俺秦舞陽當時雖然年少無知，但也還算是知書達理，怎麼能趁人之危！

【狗　屠】這也算不上是趁人之危，這叫摟草打兔子——一舉兩得。

【秦舞陽】你把俺看成了什麼東西？施恩不圖報，這是俠義之士的基本準則。俺秦舞陽要是娶那少女為妻，豈不成了一個放債漁利的小人？

【狗　屠】可我聽人說你還是到那少女家去睡了三夜，然後不辭而別。

【秦舞陽】（惱羞成怒，從席上躍起，拔劍）你這個污人清白的狗屠！我要和你決鬥！

△　秦舞陽一劍劈去，狗屠用屠刀格住劍鋒。

【狗　屠】就讓俺用這剁狗肉的屠刀，試試你這俠士的劍鋒。

【高漸離】（跳起來，拔出寶劍，挑開二人的刀劍）君子動口不動手麼，自家兄弟，何必刀劍相向？

△　秦舞陽悻悻地插劍入鞘，餘怒未消地回到席上坐下。

【高漸離】（對狗屠）您老兄的嘴巴也尖刻了些，舞陽兄弟少說了幾歲，又有何妨？眼下這個社會，又有幾個人的歲數是真的？

【秦舞陽】秦舞陽十三歲仗劍殺人，在俺那地方是家喻戶曉，人人皆知，不信你就去調查！

【狗　屠】我吃飽了撐著？你即便說你三歲就殺人，干我屁事？我只是聽不慣這些虛謊之言。俠士路見不平，拔刀相助；君子耳聞謊言，當面揭穿。我當不了俠士，但要當個君子。

【高漸離】屠兄，衝著您這番豪言壯語，您已經是個俠士。

【狗　屠】嗨，怎麼一轉眼之間，出來了這麼多的義士、俠士？連我這個殺狗賣肉的，竟然也成了俠士？

【高漸離】芝蘭開放在深谷，大俠隱身於屠坊。此即所謂「英雄不問出身」也。

【狗　屠】我還是安心殺我的狗吧，要是我也成了俠士，揹上一把破劍，滿大街溜達，那你們連個吹牛喝酒的地方都沒有了。

【高漸離】屠兄，真正的大俠，是不必佩劍的；就像真正的大樂師，不必動手去擊筑。劍在意中，曲在心中。

【狗　屠】您既佩劍又擊筑，這說明您既不是真正的大俠，也不是真正的大樂師？

【高漸離】劍術與音樂，至大精深，深邃無比。若非天才，雖窮畢生精力，也難登堂奧。漸離粗陋不才，於這兩項，略通皮毛而已。所以這劍還是要佩的，這筑，也還是要擊的。

【狗　屠】那您就心平氣和吧，喝幾杯老酒，吃幾塊狗肉，擊擊筑，唱唱曲，發發牢騷，挺好麼！

【高漸離】屠兄所言極是。

△荊軻搖搖晃晃地上。

【秦舞陽】（譏諷地）大俠來了。

【荊　軻】（哼唱）世人皆濁兮我獨清——世人皆醉兮我獨醒——

【秦舞陽】（旁白）失眠症患者，想不獨醒行嗎？

【狗　屠】荊兄，見到那位齊國大俠了嗎？

【荊　軻】一個行將入木的老朽……不值得為他浪費唾沫……

【秦舞陽】多半是碰釘子了吧？想那齊國大俠孟孫，名播四海，連太子殿下都視為上賓，在國賓館設盛宴招待。我猜想荊兄連大門都沒進就被侍衛給轟出來了！

【荊　軻】燕雀安知鴻鵠之志？

【狗　屠】荊軻先生，您就別轉（zhuai）了，跟我們說說那齊國大俠的風采，讓我們也長長見識。

【高漸離】是啊，荊兄，說說晉見情況。那孟孫，早年曾在孟嘗君門下為客，拜大名鼎鼎、無車彈鋏的馮驩為師，雖無大功垂諸青史，但也是我們俠士一道裡碩果僅存的老前輩了。

【荊　軻】徒有虛名耳！

【秦舞陽】太子殿下敬重的人，不會如此不堪吧？

【荊　軻】太子？太子是看在他風燭殘年、遠道而來的份上，給他個面子而已。（醉意全消）漸離兄，依我看，這俠士一道，也用不著真才實學，只要是出自名門，再加上老不死，到時候就成了大俠了。

【狗　屠】老而不死是為賊，都這把年紀了，不在家裡待著，還出來晃悠什麼？不要說你們氣不忿兒，就連我一個殺狗的，也看不下去！

【秦舞陽】（怒斥狗屠）你不要插嘴！（轉向荊軻，譏諷地）荊兄正在走著的，不也是這樣一條道路嗎？

△　荊軻按劍怒視秦舞陽。

【高漸離】（和解地）二位二位，都是自家兄弟，嘴下留德，免傷和氣。（轉向荊軻）荊兄，我等兄弟，雖然比不上古之大俠，但肚子裡還是有些貨色。方今亂世，只要是真英雄，總會有用武之地。習得屠龍藝，貨與帝王家，讓我們耐心等待時機來臨吧。屠兄，給我們煮上兩條狗腿，溫上三卮老酒，讓我們暢飲暢談，大快朵頤！

【秦舞陽】這才是正經事兒。

△　場後高喊：田大俠到——

△　眾人慌忙離席站起，貌極恭順。

【田　光】荊卿，荊卿在嗎？

【荊　軻】田先生，荊軻在此。

【田　光】好啊，你在這裡。（目光掠過高漸離）高漸離，高先生，您也在。

【高漸離】晚生不敢承當如此尊稱。

【田　光】（目光盯住秦舞陽）秦舞陽，秦先生。

【秦舞陽】（彎腰鞠躬）田先生……老前輩……您折煞俺也。

【田　光】（注目狗屠）還有您，狗屠兄，近日生意可好？

【狗　屠】（受寵若驚地）託您老人家的福，還好。他們三位知道，小子也是個性情中人，做這個小生意，不為賺錢，為的是朋友們聚談方便……

【田　光】好，好，都是俠義之士嘛！站著幹什麼？坐，都坐。

△　眾人坐下。

△　狗屠端上酒肉。

【高漸離】久不見先生之面，猶禾苗盼望甘霖。今日先生屈尊下降這屠狗之坊，定有高見教諭我等，願洗耳聽先生金玉之言。

【田　光】（喝酒，長嘆一聲）虎老了，不食人也！

【高漸離】先生老當益壯，我輩雖然年輕，也難擋先生劍鋒。

【秦舞陽】先生劍術，已達爐火純青境界，萬馬千軍之中，取上將首級，猶如探囊取物耳。

【田　光】（悲涼地大笑幾聲）什麼老當益壯，什麼爐火純青，小高，小秦，你們是在拍我的馬屁，心中還不定怎麼想呢！

【高漸離】我們心中也是這樣想的。再說，尊重老人，是我們燕國的美好傳統。

【秦舞陽】老先生是國家的棟梁，我們再努力三十年，也難望先生項背。

【田　光】荊卿，你是怎麼想的？

【荊　軻】荊軻客居燕國，承蒙先生錯愛，賞我衣食，賜我居所。我不知燕國有國王和太子，只知燕國有先生。

【田　光】（對高與秦）你們聽到了吧？這才是一個俠士該說的話。夫俠者，容也；俠者，大也。所謂有容乃大也。高風亮節，不墮流俗。把酒凌虛，慷慨悲歌。上不諂權貴，下不欺婦嬰。受人涓滴之恩，便當湧泉相報。施人再造之德，即刻徹底忘卻。劍者，意也，氣指頤使，殺人不動聲色。袖中乾坤，奪國而不用干戈。俠義之士，急公好義，扶危濟困，雖肝腦塗地而不足惜也。（愈說愈激動，從坐席上一躍而起）俠義之士，忍辱負重，臥薪嚐膽，雖飢寒交迫而不墮青雲之志，等待天降大任，猶如潛龍在深淵，只待霹雷一聲，直上青雲……

△　一陣劇烈的咳嗽打斷了他的話。荊軻上前，殷勤地為他捶背。

【高漸離】先生的話，道出了俠與劍的精髓。

【秦舞陽】小子回去就刻到牆上，時時誦讀。

【田　光】（喘息著）我田光胸懷吞吐雲夢之志，身具屠龍搏虎之技，苦苦等待了四十年，等待著這發揚光大我俠道劍術的時機，今天，時機到了，但我已經是心有餘而力不足了……

△ 田光沮喪地跪在席上。

△ 眾人關切地上前問訊。

【田　光】（環顧眾人）你們，都是荊卿的朋友嗎？

【眾　人】是的，我們是荊兄的親密朋友。

【田　光】你們知道我們俠士的朋友之道嗎？

【眾　人】請先生賜教。

【田　光】朋友者，可同生共死之人也。

【眾　人】謹遵先生教誨。

【田　光】荊卿的朋友，也就是我的朋友。能對荊卿說的話，就可以對你們說。你們能夠保守祕密嗎？

【眾　人】我們都是守口如瓶之人。

【田　光】荊卿啊，今日太子殿下派車把我接到宮中，摒退左右，對我說：「先生啊，燕秦兩國，誓不兩立。秦王亡我之心不死，三、五年內，必將對我燕國發起進攻。願先生為我留意。」（觀察眾人的反應）我對太子殿下說：「殿下啊，騏驥盛壯之時，一日可奔馳千里，至其衰老，劣馬先之。臣就是這樣一匹老了的騏驥啊。」太子問我：「國內俠士之中，何人可用？」（打量眾人，荊軻低眉垂首）我對太子說：「荊軻可用！」

△　眾人用羡慕的眼光看著荊軻。

【荊　軻】（直身深拜）承蒙先生錯愛，只恐荊軻才疏學淺，劍術不精，難當大任。

【田　光】俗言曰：「一架籬笆三根樁，一個好漢三個幫」（指點眾人）他們三人，都是你的幫手啊！

【眾　人】願輔佐荊卿，完成太子殿下重託。

【田　光】臨別時，太子殿下對我說：「先生，適才所言，是國家大事，望先生不要洩漏。」太子這樣說，說明他對我還是不夠信任啊！

【高漸離】如此大事，自當慎之又慎，先生多疑了。

【田　光】太子所言，另有深意也。

△眾人面面相覷。

【田　光】荊卿，你知道太子的意思嗎？

【荊　軻】先生……

【田　光】直說無妨。

【荊　軻】太子給了先生一個成就一世英名的機會。

【田　光】知我者，荊卿也。（仰天長嘆）可惜我空懷絕技，不能親赴秦宮取秦王首級以謝太子殿下知遇之恩，只能捨身成義，以求節俠之名。荊卿，我死之後，你速去宮中見太子，接受任務，並代我言明心志。荊卿啊，你要知道，古往今來，有多少身懷奇技、胸有大志的仁人俠士，在苦苦等待著大展宏圖的良機，但最後卻像碌碌無為的庸人一樣，老死在荒村野店。而又有多少酒囊飯袋，齷齪小人，被推上了歷史的舞台，頭上戴著諂媚者獻上的花冠，身上披著膚淺女人用虛榮心織成的錦緞，進行著醜惡的表演。既有英雄的素質，又得到了證明自己的機會，這可是命運的垂青啊，荊卿，你要仔細啊！你要慎思啊！你不要辜負了我這顆白髮蒼蒼的頭顱啊，荊卿！（伸出戴著銅指甲的右手，猛地抓住了荊軻的胳膊）你要像我抓住你的胳膊一樣，抓住這個千載難逢的良機，抓而不緊，等於不抓，要抓到肉裡，抓到骨裡！我死之後，你把這副指甲取下來，還給燕姬。她是太子殿下的寵愛之人，出入相隨，形影不離。這副指甲，是三年前她對我的賞賜。她讓我用這副指甲吃魚吃肉，將養身體，預備著為太子幹一件大事。但沒想到，僅僅三年，我就老得骨質疏鬆，行動不便，遺憾啊遺憾，可惜啊可惜。（劇烈咳嗽，高漸離、秦舞陽、狗屠上前為他揉胸捶背）還有你們，你們三位，都要審時度勢，好自為之，搭一艘順風船，藉一次幸運光，成就你們的俠義之名，不要像我一樣，藉一個並不充分的理由，用自刎的方式，成就這配角的名聲。倚著槐樹穿綠襖啊，禿頭跟著月光走，各位，拜託了！

△ 田光引劍自刎。

【眾 人】先生……

【荊 軻】（從田光手上取下指甲，冷冷地）先生求仁得仁，圓滿了！

第二節　受命

△　太子宮中。

△　舞台上擺設笨重樸拙，色彩以黑、紅為主。

△　舞台一側置一秦王偶像，開場時以紅布遮蔽

△　太子跪坐席上，一個侍女為其整理衣冠，燕姬托銅鏡為其照容。

【太　子】你一向料事如神，說說看，今天會發生什麼事情？

【燕　姬】世事變化莫測，賤妾愚笨，猜不出來。

【太　子】你曾經說過，「太子一撅屁股，我就知道他要拉什麼屎」？

【燕　姬】賤妾雖然愚笨，但也說不出這樣的蠢話！

【太　子】這話蠢嗎？我倒希望，有這樣一個人，能夠看透我的心。

【燕　姬】賤妾目光短淺，只能看到殿下的頭上又多了幾根白髮。

【太　子】愁一愁，白了頭啊！

△台後傳呼：荊軻先生到——

【太　子】有請！

△太子立起，迎到台口。退行引導荊軻至舞台中央坐席旁。

【太　子】（跪下，用衣袖拂拭坐席）先生請。

【荊　軻】（就座，長跪深拜）殿下如此多禮，荊軻誠惶誠恐。

【太　子】久聞荊卿大名，今日得見，果然是氣韻生動，頭角崢嶸，名不虛傳也！

【荊　軻】（再拜）荊軻乃衛國一介寒士，乞食於貴國，殿下過譽之詞，實不敢當。

【太　子】荊卿過燕數年，沒能登門拜望，有失東道之禮，還望先生寬恕。

【荊　軻】鄙人多得田先生照應，衣食豐足，已經深領貴國禮賢下士之風。

【太　子】田先生為燕國留住了人中之龍，昨日本宮已經深表謝意。田先生怎麼沒來？

【荊　軻】先生已經捨身成義了。

【太　子】（做驚愕狀）為什麼？

【荊　軻】殿下，先生說：「俠士一舉一動，俱要光明磊落，不使人心生疑竇。殿下臨別之時，特別叮囑，『方才所言，係國家大事，望先生幸勿洩漏』，這是殿下疑我也。」先生因此自刎，向殿下表明心志。

【太　子】（在坐席上膝行數圈，以手捶地，號啕大哭）先生啊先生，您誤解了本宮的意思了啊……您是國之棟梁，丹之師長，本宮不信任您，還有誰值得信任啊……丹寡才少德，竟然得到先生這樣的厚報，受之有愧啊受之有愧……先生啊，您撒手而去，國有疑難，讓我去問誰啊？……先生啊，您死了，丹也活不長久了啊……

△　在太子哭訴時，侍立一側的燕姬面無表情。

【荊　軻】殿下，先生已成大仁大義之名，這正是一個俠士求之不得的結局。望殿下制痛節哀，以國事為重。

【太　子】（做拭淚狀）荊卿，先生臨終之前，還有什麼話說？

【荊　軻】他讓我立即進宮拜見殿下。

【太　子】（膝行趨前，執荊軻衣袖）荊卿……先生已死，您就是本宮唯一可以依靠之人了。

【荊　軻】荊軻粗鄙村夫，蒙太子如此看重，自當不遺餘力，願效犬馬之勞。

【太　子】（目視左右）退下。

△　眾侍從急退。

△　燕姬也欲退下，太子招手留之。

△　荊軻注目燕姬。

【太　子】（指燕姬）這是我身邊親信之人，荊卿幸勿見疑。

【荊　軻】（對燕姬施禮）得睹芳顏，三生有幸。

【燕　姬】（燕姬對荊軻施禮）賤妾村婦之姿，蒲柳之質，有污先生尊目。

【荊　軻】（從懷中取出銅指甲）田光先生臨終之時，囑我將此物還給燕姬夫人，還讓我向太子和夫人表示歉意：他沒能用這副銅甲擒狼捉虎，卻用它剔骨挑刺。

【太　子】（接過銅指甲，注視片刻，遞給燕姬）先生啊先生，丹雖然愚昧，但也明白了您的心意！（對燕姬）進酒。

△　燕姬為荊軻和太子進酒。

【太　子】這酒的滋味怎樣？

【荊　軻】荊軻心在別處，無暇顧及酒味。

【太　子】精彩！一心不能二用，識良馬者不辨牝牡驪黃，非如此專注不能成大事也！

△　荊軻注目燕姬。太子冷笑。

【太　子】此女顏色如何？

【荊　軻】滋味醇厚，必是陳年佳釀！

【太　子】（大笑）荊卿指天說地，果然是高人！（示意燕姬揭開偶像遮布）荊卿識得此人否？

【荊　軻】（注目秦王偶像，良久，低頭曰）太子恕荊軻眼拙。

【太　子】（匆匆膝行至偶像前，繞之兩圈，恨恨地）就是為了他，本宮才招荊卿至此，（一躍而起，手批偶像之頰）就是因為你，才斷送了田先生性命！荊卿啊，此人誕生在趙國，初名趙政。其時本宮在趙國為人質，與他是少年朋友，經常一起上樹捉鳥，下河撈魚，結下了深厚的友誼——荊卿知道他是誰了吧？

【荊　軻】（低聲地）秦王。

【太　子】（再次以手批偶像頰）就是這個趙政，還秦之後，更名嬴政。十三歲繼承王位，二十二歲冠冕親政。以後數年，流放太后，逼死生父，凶狠殘暴，濫殺無辜。其時本宮正在秦國為人質，他未親政時，對我還算客氣。見面時稱兄道弟，送我名馬，贈我美姬。沒想到他親政之後，全不念當年情誼，將我逐出華屋，棄置陋室，沒收我財寶，斷絕我飲食，居所周圍，時時有暗探監視。丹之性命，危在旦夕。我上書請求歸國，他託人傳話給我：「烏頭白，馬生角，方可歸！」烏鴉能白頭嗎？馬頭能生角嗎？他是想把我困死在秦國啊！幸虧天不滅丹，讓我巧計得逞，得還祖國。但我與這豎子的仇，是永世難以化解了！

【荊　軻】殿下金蟬脫殼，假道歸燕，已經成為傳奇。

△　太子跪地，膝行回到荊軻面前。

【太　子】荊卿，嬴政野心勃勃，貪得無厭。不將天下土地納入秦國版圖，他的進攻就不會停止。不久前他俘虜了韓王，吞併了韓國。接著又分兵南下伐楚，北上攻趙。眼下，大將王翦率三十萬大兵逼近漳水、鄴城，上將李信已經攻占了太原、雲中。趙國滅亡，只是個時間問題。而趙國一旦覆滅，秦國的下一個攻擊目標，就是我燕國了。燕國弱小，雖全民皆兵，也難擋秦軍鋒芒。（捶地痛哭數聲）燕國之禍，就在眼前了，荊卿可有救燕之計教我？

【荊　軻】荊軻草莽之人，見識短淺，只有匹夫之勇，願聽殿下差遣。

【太　子】此是天不滅我大燕也！（頓首）本宮代表燕國百姓感謝荊卿了。

【荊　軻】（頓首）荊軻不敢承受殿下如此大禮，請殿下直言。

【太　子】丹日前與田先生謀畫，想請荊卿偽做我的使者，持厚禮晉見秦王。荊卿藉此機會，劫持秦王，逼他簽訂合約，返還侵占諸侯的土地，就像當年魯國的俠士曹沫挾持齊桓公那樣。這是最好的結果，如果實現，荊卿不但有大功於燕國，而且有大功於天下。如果挾持不成，就在殿上將他刺死。秦國大將帶兵在外，個個驕橫專斷，聞朝中有變，必擁兵自立。趁此機會，我與諸侯聯合，破秦必矣！如此，則燕國百姓有福，天下百姓有福。望荊卿幸勿推辭！（以額觸席，不起）

【荊　軻】（跪在席上轉了幾個圈子，也以額觸席）殿下，非是荊軻推辭，實在是荊軻膽氣不足，劍術不精，難以擔當如此大任。

【太　子】田先生慧眼識英雄，言舉國上下，膽氣才識，無有出荊卿之右者，我不信田先生，還能信誰呢？望以燕國百姓為念，臨危受命。

【荊　軻】請殿下另尋高人。

【太　子】荊卿難道惜死嗎？

【荊　軻】（慨然地）殿下，士為知己者死，女為悅己者容！（注目燕姬，太子看在眼裡）荊軻受殿下如此禮遇，雖萬死不敢辭。反覆推辭，是怕耽誤了殿下的大事。

【太　子】荊卿，您答應了？

【荊　軻】荊軻患有失眠之症，近日愈發嚴重。

【太　子】大人物個個失眠！荊卿人中龍鳳，如不失眠，才是咄咄怪事！

【荊　軻】荊軻是小姐身軀丫鬟命，草民患上了貴族病。夜晚似睡非睡，白天似醒非醒，如此狀態，只怕誤了太子的大事。

【太　子】荊卿不要推辭了。

【荊　軻】太子盛情難卻，鄙人只能勉充副使，協助正使，去完成這件驚天動地的壯舉。

【太　子】副使可由荊卿自選，但正使非君莫屬。至於失眠嗎，（冷笑）我這裡有專治失眠的良藥。

【荊　軻】殿下，簷下的麻雀，飛行不過幾家瓦舍；田中的老鼠，活動不過幾道壟溝。荊軻小國寡民，一向寄人籬下，眼界狹窄，沒見過盛大場面。只怕我一進秦宮，就像出了地洞的鼴鼠，分不清南北西東。

【太　子】（對燕姬）進酒，為荊卿把盞。

△　燕姬持酒器，膝行至荊軻身邊，為之侍酒。

【太　子】本宮在城內另有豪宅一所，即請荊卿搬去居住。那裡的一切，都按秦宮式樣布置。（指燕姬）燕姬原是秦宮之女，曾專司為秦王梳頭之職，她對秦宮中的門徑可謂瞭若指掌。待幾日本宮將她送過府去，荊卿盡可以從她那裡摸清底細。

【荊　軻】荊軻何等之人，敢居殿下豪宅？燕姬乃殿下寵愛之人，她多情重義，曾協助太子逃離虎狼之國。多年來襄助殿下，處理軍國大事。荊軻若敢染指，天地不容也，望殿下勿再言。

【太　子】荊卿，為了破秦救燕，要本宮的頭顱也在所不惜，何況一宅一姬乎？（側身對燕姬）你收拾收拾，明日即過府去事荊卿。（燕姬默然）（悄然對荊軻）此女技藝超群，專治失眠。

【荊　軻】請殿下不要再提此事。

【太　子】吾意已決，荊卿不必客氣。（膝行至秦王偶像前，躍起）嬴政啊嬴政，我彷彿看到了你的末日！（努力將偶像推倒）

【荊　軻】（膝行至太子身邊）荊軻此身已經屬於殿下，但如此大事，必須詳細策畫，以求萬無一失。否則，無異於引狼出洞，惹火燒身。望殿下允許荊軻從容策畫，萬勿催逼過急。

【太　子】荊卿自便。

第三節　贈姬

△　荊軻豪宅。

△　秦王偶像立於一側。

△　舞台的一側有一根粗大的紅色立柱，可以活動。

△　高漸離、秦舞陽、狗屠在舞台上轉來轉去。狗屠此時也揹上了一把寶劍。

【秦舞陽】（雙臂張開，丈量著那根粗大的立柱）哎呀我的媽耶，這根大柱子，比我們村頭那棵一百年的老槐樹還要粗！太子殿下從哪裡弄來了這般粗大筆直的巨木？不得了啊，不得了，荊大俠，跟著你，小弟算是開了眼界了！

【狗　屠】說你是土包子吧，你還不服氣。想我大燕國有成片的原始森林，參天的大樹比比皆是，太子是國之儲君，一人之下，萬人之上，別說是弄這樣一棵大樹，就是弄這樣一千棵大樹、一萬棵大樹，也是易如反掌。

【秦舞陽】嚯，你也滿嘴名詞，轉（zhuai）起來了。土包子怎麼了？多少英雄豪傑，都出身於田疇之間。（指狗屠）瞧瞧您那劍，是那樣揹的嗎？應該是這樣（為狗屠示範），這樣！並不是隨便什麼人，揹上一把劍就成了俠士。這是劍，不是您案板上的屠刀！

【狗　屠】我們屠夫一行，英雄輩出。你難道沒聽高先生說過嗎？協助信陵君救趙的朱亥朱大俠，未出山前就以屠狗為業；為嚴仲子刺殺俠累的聶政聶大俠，也曾隱身屠坊，幹過白刀子進去紅刀子出來的勾當。

【高漸離】（一直在舞台後邊背手徘徊，做思考狀，此時趨前，用極嚴肅的口吻）二位仁兄，還記得田先生臨終時對我們的囑託嗎？

【秦、屠】先生讓我們襄助荊大俠完成刺秦大計。

【高漸離】可你們哪？（壓低嗓門）為一些雞毛蒜皮的小事在這裡爭嘴拌舌，哪裡還有半點俠士的樣子？坐下，默想田先生關於俠道的教導。

△　秦舞陽與狗屠慌忙坐在席上。

△　荊軻衣冠不整，搖搖晃晃地上。

【秦、屠】大俠早安！

【高漸離】（小心翼翼地）荊卿睡得好嗎？

【荊　軻】（痛苦地）又是一夜未眠。高先生，您還有什麼辦法，趕快貢獻出來救我。

【高漸離】荊卿，其實您還是睡著了一點。

【荊　軻】我輾轉反側，心煩意亂，連耗子打架，貓頭鷹鳴叫，你們說夢話放屁，都聽得清清楚楚。

【高漸離】荊卿，五更時分，我起來小解，分明聽到你的臥房裡傳出響亮的鼾聲。

【荊　軻】（興奮地）您真的聽到了我的鼾聲？

【高漸離】千真萬確！

【荊　軻】這麼說我確乎還是睡著了一點？

【高漸離】起碼有一個時辰！

【荊　軻】（指點秦、屠）你們也聽到了我的鼾聲？

【秦、屠】聽到了，你的鼾聲，把我們從夢中驚醒。

【荊　軻】（興奮地）聽你們這麼一說，我心中頓感輕鬆。我以為沒有睡著，但其實還是睡著了。

【眾　人】您確實睡著了。

【荊　軻】（伸了一個懶腰，跪坐在秦王偶像前）即便沒睡著，也不敢有絲毫懈怠，何況我還睡了一個時辰——高先生，請您再講述一遍曹沫挾持齊桓公故事。

【高漸離】（在舞台後方邊走邊講，以狗屠為虛擬桓公，狗屠和秦舞陽配合演出）曹沫曹大俠，魯國人也。隨從魯莊公會盟齊桓公於齊地。莊公與桓公在高壇之上，正欲盟誓簽訂割地之約，曹大俠手持匕首，飛身上壇，左手拉住桓公袍袖，右手持匕首按在桓公脖頸厲聲曰：齊國以強凌弱，欺負我魯國太久太甚。今日當著眾諸侯的面，請您對天盟誓，歸還侵占魯國的土地，並保證不再侵犯魯國邊境。

【狗　屠】（扮桓公）我對天盟誓，答應你提出的所有要求。

【高漸離】事畢之後，曹大俠將匕首扔在桓公面前，縱身下壇，北面而坐，飲酒食肉，面不改色！

【荊　軻】此正是太子殿下想讓我們做到、我們自己也夢寐以求的事情，但是——（荊軻前傾仆地）

△　幕後高聲傳呼：太子殿下送牛一頭、羊一尾、豕一隻，供荊大俠與眾俠士消受——

△　秦舞陽與狗屠交換眼色。

【荊　軻】（沮喪地）但是，秦宮不是齊地，秦王也不是桓公。荊軻縱然有十倍於曹沫之勇力，又有什麼機會能威逼秦王對天盟誓、當眾簽約？即便秦王迫於形勢，盟誓簽約，但荊軻一鬆手，頃刻之間，就會被剁成肉醬，還到哪裡去「北面而坐、飲酒食肉而面不改色」?!嗟乎，曹沫不可學也。

△　幕後高聲傳呼：太子殿下進錦緞十匹，美酒十罈，供荊大俠與眾俠士消受——

【秦舞陽】（悄對狗屠）這老兄，真肯下本錢啊！

【狗　屠】（悄聲）你就跟著吃香喝辣吧。

【高漸離】其後一百六十七年，吳國又有專諸專大俠為公子光刺吳王僚故事。

【荊　軻】（悲涼地）講來。

【高漸離】（秦舞陽扮專諸，狗屠扮國王、國王侍從。兩人隨著高漸離的講述誇張地表演）專諸專大俠，吳國堂邑人也。公子光為奪王位，埋伏甲兵於窟室中，請國王赴宴。從王宮至公子光家的大道兩側以及公子光家的院落、過道上，站滿了國王的親信，一個個手持長劍，虎視眈眈。酒至半酣，公子光託詞退出，專大俠將匕首藏在魚肚子裡，冒充上菜的廚師，來到國王面前。大俠扒開魚肚，抓起匕首，以迅雷不及掩耳之勢刺殺國王。國王的武裝侍從，撲上來將大俠亂劍刺死。公子光埋伏的甲士突出，殺盡國王的親信。公子光成為吳王，封專諸的兒子為上卿。

【荊　軻】專諸可學也，但可惜荊軻沒有個兒子被封為上卿。

【秦舞陽】先生不妨收一個可造之才為義子。

【狗　屠】你又想什麼歪門邪道？

△　幕後高聲傳呼：太子殿下進良馬三匹，高車一乘，供荊大俠使用。

【荊　軻】請講豫讓故事，高先生。

【高漸離】（秦舞陽扮智伯，狗屠扮豫讓。兩人隨著高漸離的講述表演）豫讓豫大俠，晉國貴族智伯門客也。為報知遇之恩，兩次化妝潛伏於茅廁中與草橋下，欲為智伯刺殺趙襄子，均被識破。趙襄子說：豫讓，你為智伯報仇，已經得到了義士之名。但為了自身安全，我不能再次赦免你了。豫大俠曰：君前次寬恕了我，也為你自己博得了寬厚的美名。今日，我是該死了。唯求君之外衣，讓我以劍擊之。一是了卻我為智伯報仇的心願，二是將更加寬厚的美名贈你。趙襄子隨即將外衣脫下，使人送到豫讓面前，大俠拔劍，三躍而擊之，然後伏劍自殺，成就了忠烈俠士之義，也成就了趙襄子寬厚仁慈之名。

【荊　軻】豫讓空有俠士之名，實乃跳梁小丑，不足學也。

【狗　屠】我倒覺得這個豫大俠是個憨厚人。

【秦舞陽】什麼憨厚人？傻蛋一個！

△　幕後高聲傳呼：太子贈無價之寶，供荊大俠一人享用——

△　一個龐大的物件，由四個侍衛抬上。

【秦舞陽】我的娘，這是個什麼寶貝？

【狗　屠】（抽動著鼻子）好香啊！

△　一侍女上前。揭開一層層的綢緞，顯出了濃妝豔抹、酥胸半露的燕姬。

【荊　軻】（激動地）燕姬——

【燕　姬】（彬彬有禮地）先生。

【荊　軻】（對侍衛）速將燕姬護送回太子宮中。

【燕　姬】妾乃太子贈給先生的禮物，送給人的東西，哪有收回去的道理？現在起，您就是我的主人了。（示意侍衛們退下）

【高漸離】（趨前施禮）久聞燕姬盛名，今日得見，彷彿如睹天人！

【燕　姬】您就是高先生吧？

【高漸離】高漸離。

【秦舞陽】（膝行至燕姬面前）秦舞陽參見燕姬。

【狗　屠】（膝行至燕姬前）俺也參見燕姬。

【燕　姬】賤妾此身已屬荊卿，你們都是荊卿兄弟，往後就不要這般客氣了。

△　燕姬膝行，為眾人斟酒。

【荊　軻】（掩飾著內心的激動）高先生，豫讓之後，還有什麼故事？

【高漸離】豫讓之後四十年，魏邑又有聶政聶大俠故事。

【荊　軻】講來。

【燕　姬】（挺身向前，對荊軻）主人，高先生已經口乾舌燥，可否由賤妾為您講述這段故事？

【荊　軻】你？怎敢勞動您開啟金口？

【燕　姬】（冷笑）太子經常在我的講述中憤然而起，宛如一隻好鬥的公雞。

【荊　軻】荊軻洗耳，恭聽您的燕語鶯啼。

【燕　姬】（躍起，神采飛揚地）聶政聶大俠，魏國人也。少年時因事殺人（秦舞陽示意狗屠，意為此事與自己的經歷相同），與老母、姊姊避禍於齊國，隱身屠坊，以殺狗為業。

【狗　屠】（低聲對秦舞陽說）聽到了沒有？

【燕　姬】濮陽貴族嚴仲子，攜帶黃金百兩遠道入齊，為聶大俠母親祝壽，其意是想請聶大俠出山。大俠曰：老母在堂，長姊待字，此身不敢許人也。以後數年，姊姊嫁人，母親過世。聶大俠至濮陽，見到嚴仲子，曰：聶政乃逃亡罪犯，隱身市井，操刀屠狗為業，先生貴為卿相，能自降身分，千里迢迢，前來為政母祝壽，如此高義，聶政沒齒不敢忘也。今老母過世，姊有歸屬，此身自由，可以為先生捐軀也。請先生言明所恨何人，聶政不惜性命，為先生圖之。嚴仲子曰：「仲子所恨之人，韓國宰相俠累也。俠累既是宰相，又是韓王叔父，權勢熏天，炙手可熱。我已經預備了車騎壯士數百人，輔佐足下成事。」聶大俠謝絕車騎壯士，仗劍獨行至韓。時俠累方坐府上，周圍甲士護衛。大俠飛身登階，刺殺俠累。左右甲士大亂。大俠施神威，片刻間擊殺數十人。然後決目毀容，剖腹出腸而死！

【秦舞陽】壯哉聶大俠，勇哉聶大俠！

【狗　屠】為我屠宰一行增添了光彩！

【燕　姬】韓王將大俠遺體懸於市，有能認出者賞千金。大俠姊姊名聶榮，聞聽消息，急赴韓市，伏屍大哭。曰：殺俠累者乃魏國軹城深井村人聶政也。

市人問：此人刺殺韓相，罪大惡極，夫人前來相認，不怕禍及己身嗎？

聶榮正色曰：我弟弟決目毀容，是怕被人認出連累於我，我怎敢苟全此身，埋沒了我弟弟的英名?!言罷連呼蒼天三聲，死在大俠屍身旁。

【秦舞陽】女中丈夫也！

【狗　屠】她也跟著弟弟成了名。

【荊　軻】聶政之後還有名列青史的俠義之士嗎？

【燕　姬】（冷嘲地）那也許就是荊卿了。

【荊　軻】（悲涼地）想不到終結了幾百年俠客故事的，竟然是一個女人！

【燕　姬】（意味深長地）也許開始了新一輪俠客故事的，還是一個女人。

【高漸離】（注目燕姬）我真懷疑這花冠麗服之內，藏著一個青年俠士。

【燕　姬】（跪地斂容垂首）賤妾多言，有悖婦人之禮，還望主人和諸位俠士寬宥。

第四節　決計

△　同前景。

△　三個月後。

△　荊軻、高漸離，對坐席上。

△　燕姬跪在荊軻身後，為其按摩頭頸。

△　秦舞陽在一邊溜達，連連打著飽嗝。

△　狗屠在一邊裝模作樣地練習劍法。

【高漸離】（厭煩地）舞陽兄，你能不能坐下安生一點？晃來晃去，讓人心煩意亂。

【秦舞陽】不是我不想坐下，是我坐下就喘不動氣兒。不行，該減肥了。

【狗　屠】瞧那點出息！少吃點麼！

【秦舞陽】我吃得多嗎？我吃得不多，是這裡的食物太精美了。

【高漸離】如果連自己的嘴都管不住，還算什麼俠士？

【秦舞陽】如果我不吃，第一是造成了不必要的浪費；第二是對不起太子的一番美意。何況，即便我不吃，身體健壯，行動像豹子一樣敏捷，荊大俠就能讓我跟隨他去刺秦嗎？再說啦，高先生，在這荊府裡住了三個月，我看您老那小長臉兒也變圓了，您那小肚腩也鼓起來了。只有我們荊大俠，還保持著健美的體形，這大概是燕姬夫人之功——（燕姬冷笑）

【高漸離】（無奈）吾鄉有鄙諺曰：一歲長不成大毛驢，永遠是隻驢駒子。此言不謬也！

【秦舞陽】你竟敢罵我是驢駒子！

【狗　屠】驢駒子多麼可愛啊，要我說，你還不如一頭驢駒子，你只能算作一隻狗崽子！

【秦舞陽】（怒）你們合夥欺負我鄉下人！這是什麼世道？王親貴族瞧不起鄉下人倒也罷了，可連殺狗的、賣菜的、掏大糞的，只要說話嘴裡帶「丫」的，就敢拿鄉下人開涮。

△　幕後高聲傳呼：太子殿下送熊掌四隻，美酒一罈供眾俠士享用——

【秦舞陽】（低聲）老上這些東西，我能不胖嗎？

【荊　軻】吵啊，怎麼不吵了？只有在你們的吵鬧聲中，我才能假寐片刻。

【秦舞陽】吵累了，歇會兒。

【荊　軻】（長嘆一聲，對高漸離）先生，刺客一道，到了聶政，已經登峰造極，我等無論怎樣努力，也難幹出超過他們的事情了。

【高漸離】荊大俠，聶大俠義薄雲天，刺殺俠累，但如果不是有後邊的決目毀容及其姊的伏屍痛哭，他的事蹟，大概也早已湮沒在歷史的塵埃之中——這是一個多麼精心的設計。

【荊　軻】願先生教我。

【秦舞陽】這一定是事先串通好的，聶大俠也不能只顧自己成名，她姊姊也要成名呢。

【荊　軻】休要插嘴，聽先生說。

【高漸離】聶政刺殺的，乃區區韓國一相也，如果沒有後邊的故事，他的名聲，如何能列眾俠之首？從古至今，刺客的名聲，依賴於被刺者的身分地位和刺殺的環境，俗言曰：「水漲船高」，說的就是這個道理。

【狗　屠】偷一頭黃牛，那只是一個毛賊；劫持了王綱，那就是一條好漢。

【秦舞陽】調戲一個民女，那是一個痞子；勾引了國王的寵妃，那就是一個詩人！

【高漸離】二兄所言，雖然略嫌粗俗，但確切中了時弊。被刺者的身分愈高，刺客的名聲愈大；行刺的環境愈險惡，刺客的聲譽愈隆。縱觀成名俠士歷史，曹沫所挾持之齊桓公，雖有霸主之名，但畢竟是優柔寡斷之輩。專諸刺殺之吳王僚，乃一偏遠小國昏暗之君。豫讓欲刺之趙襄子，乃趙國一破落貴族。聶政刺殺之俠累，乃區區韓國之相。此四人，無法與雄才大略、狼行虎步的秦王相提並論也。齊之盟台、吳之宴席、趙之茅廁、草橋、韓之相府，更無法與巍峨堂皇之秦宮同日而語也。荊卿如能將令諸侯畏之如虎、聞之色變的秦王刺死在甲士如雲、謀士成群的秦國宮殿之上——

那才是千古一刺，終結了俠士的歷史，令後代的刺客們，連摹仿都無法再摹仿了！

【荊　軻】（頓首）吾意已決，先生毋庸多言也！

△　幕後傳呼：太子殿下到——

△　眾慌忙整衣斂容，膝行迎接。

△　太子登台後，先撲到秦王偶像前，怒批其頰數十，以至手裂血出。然後舉著兩隻血手跪在眾人面前，痛哭不止。

【高漸離】（感動地）殿下如此痛苦，令我等也痛不欲生了。（號哭）

△　秦舞陽和狗屠也跟著號哭。

【荊　軻】（冷漠地）請殿下止住您悲慘的哭聲吧，荊軻已在洗耳恭聽。

△ 燕姬上獻一根白綢巾讓太子擦手。綢巾染紅。燕姬將血染綢巾示眾。

【太　子】荊卿，高卿，秦卿，諸位愛卿，本宮即將死無葬身之地了啊……

【高漸離】殿下何出此不祥之言？

【太　子】諸位愛卿，秦將王翦，已經攻破趙國首都，俘虜了趙王，並將趙國國土，納入了秦國的版圖。現在，秦國的大軍，已經逼近了燕國的南部邊境。王翦率兵渡過易水，滅亡我燕國，已是早晚的事情。諸位愛卿啊，本宮很想永遠地將你們供養下去，讓你們食盡天下的美味，享盡人間的至福，但看來是不可能了……

【荊　軻】殿下不要多說了。俗言曰：養兵千日，用在一時。現在，正是我們報效殿下的時候了。

【秦、屠】我們願意為殿下效命！

【太　子】（矚目荊軻）荊卿啊……

【荊　軻】（冷淡地）殿下，秦王虎狼之君，生性多疑。我等空手而去，別說登堂上殿，只怕一入秦境，就被當成了奸細——

【太　子】如卿所言——

【荊　軻】請殿下修書一封，自甘示弱，願俯首稱臣，並將燕京東南督、亢之地，割讓與秦，並繪製地圖，獻給秦王，作為晉見之禮。

【太　子】此是一場假戲。督、亢地圖，不過幾尺黃絹，本宮焉有不准之理？馬上就辦。

【荊　軻】聽說秦國叛將樊於期，現在藏匿太子宮中。樊將軍係秦王深恨之人，若能取其首級者，賞黃金千兩，食邑萬戶。荊軻請殿下取樊將軍首級與我，以取悅秦王。秦王喜悅，必接見我，如此則有機可乘，大事可成矣。

【太　子】（誇張地）不可不可！想那樊將軍，係本宮在秦為質時舊友，吾窮困之時，曾受其饋贈羊酒。我能夠逃離秦國，也多得樊將軍助力。他遭秦王迫害，於窮途末路之時，前來投奔於我。我收留庇護他，正所謂「受人涓滴之恩，當湧泉相報」。我怎能為一己之私利，而傷朋友之性命？荊卿萬勿再言，請另謀良策。

【高漸離】殿下宅心仁厚，不因危急而負舊友，雖齊之孟嘗、魏之信陵，難望殿下項背也。

【荊　軻】秦國如破燕國，樊將軍也必死無疑，願殿下三思。

【太　子】荊卿，不要讓我背上不仁不義的惡名，不要讓我這乾淨的雙手，染上朋友的血跡！（展示血手）

【荊　軻】既然如此，只好作罷。請殿下搜求一把匕首，作為刺殺秦王的利器。

【太　子】（咬牙切齒地）宮中即有徐夫人匕首一把，吹毛寸斷，鋒利無比，並且淬上了劇毒之藥，見血封喉，觸之即死！

【荊　軻】如此，差強也算萬事俱備。

【太　子】荊卿何時可以動身？本宮將設宴與君壯別。

【荊　軻】荊軻本該立即出發，但這失眠症……

【太　子】還沒好？（目矚燕姬）難道這樣的良藥也治不好你的失眠症？

【荊　軻】在燕姬的調理下，失眠症確實見輕。過去是徹夜不眠，現在能迷糊一個時辰了。

【太　子】每天只睡一個時辰，確實是少了點。

【高漸離】殿下，高某想起來一個家傳祕方，可以讓荊卿徹底痊癒。

【太　子】說，除了龍肝鳳髓我弄不到。

【高漸離】貓頭鷹腦袋七隻，文火焙乾，研成粉末，用熱黃酒睡前沖服。

【太　子】那貓頭鷹可是白天睡覺夜裡醒啊。

【高漸離】荊卿殫精竭慮，用腦過度，導致不眠。貓頭鷹腦袋是世上第一等補腦良藥，食之必當奏效。

【太　子】好啊，連家傳祕方都貢獻出來了。

【高漸離】為了國家大事，我願獻出生命，何況一個祕方。

【狗　屠】偏方治大病。

【秦舞陽】用蝙蝠腦子也可以吧？

【太　子】秦卿，就由你帶人去捕捉貓頭鷹吧。

第五節　死樊

△　同前景。

△　秦王偶像，蒙上紅布。

△　高、秦、狗屠、燕姬俱在場上。

△　幕後傳呼：樊將軍到——

△　眾人起立相迎。

△　樊將軍手捧一木匣上。

【樊於期】哪位是荊軻先生？

【荊　軻】鄙人便是。

【樊於期】奉太子殿下之命，前來送寶匣，並請先生賜教。

【荊　軻】樊將軍大國上將，竟然充任役使，親臨寒舍，此太子殿下之誤、荊軻之罪也。

【樊於期】末將乃喪家之犬，漏網之魚，幸得太子庇護，慢說充任役使，即便當牛做馬，也無絲毫怨言。

【荊　軻】將軍高義，荊軻欽佩不已。

【樊於期】願先生教我。

【荊　軻】荊軻乃太子殿下寄食之人，何敢妄言於將軍之前？

【樊於期】末將聞王翦大兵壓境，燕國形勢危急，乃晉見太子，欲請一支兵馬，星夜馳往易水之濱，與王翦決一死戰。勝則成戰將之名；不勝則奮勇戰死，以謝太子之恩。

【荊　軻】壯哉將軍之志也。

【樊於期】太子將寶匣交付與我，讓我過府謁見荊卿，言荊卿將有善策授我，望先生不吝賜教。

【荊　軻】（環視台上諸人，膝行至秦王偶像前，躍起，拔劍挑開遮布）將軍可識此人？

【樊於期】（觳觫不止，顫聲）秦王……

【荊　軻】正是秦王偶像，太子親手所製。將軍是否明白太子殿下為什麼要把秦王偶像置於此地？

【樊於期】（困惑地）末將不知。

【荊　軻】樊將軍安坐飲酒，請看我等為您搬演一場好戲。

△　荊軻示意，秦舞陽和狗屠跑到秦王偶像兩邊充任侍衛，高漸離扮副使手捧地圖，荊軻捧起樊將軍送來的匣子，燕姬站在一旁。

△　沉重而充滿殺氣的音樂聲起。

【燕　姬】（高聲傳呼，連呼九聲，實為九個儐相接力傳呼，謂之「九儐之禮」）傳燕使上殿——

△　在傳呼聲中，荊軻與高漸離先用併步之法行走，然後跪地膝行，漸至秦王偶像前。

【燕　姬】（摹擬秦王聲口）燕使報上姓名。

【荊　軻】微臣荊軻。

【燕　姬】身旁副使何人？

【高漸離】微臣高漸離。

【燕　姬】燕丹還算知趣，及早歸順，免去了大動干戈之苦。將爾手中寶匣獻上來，讓孤王看看這寶貝的模樣！

△　荊軻膝行上前，將手中寶匣高高舉起，秦舞陽上前接過匣子。

【燕　姬】（狂笑）好啊，好啊，你到底沒有逃出我的手心！將副使手中地圖獻上來。

△　高漸離欲自行上前獻圖。

【燕　姬】副使卻步！

△荊軻從高漸離手中接過地圖，趨前。狗屠接過地圖，放在秦王偶像前。

△用一個適當的方式展開地圖，圖窮匕首見，荊軻抓起匕首，猛地刺向秦王偶像。

△樊於期匍匐在地。

△音樂止。

【荊　軻】樊將軍，您可看明白了嗎？

【樊於期】末將看明白了。

【荊　軻】樊將軍乃秦國上將，為秦國南征北戰，攻城略地，立下了煌煌戰功。就為了一點區區小事，秦王把將軍父母宗族數百人全部屠殺，還高懸賞格，以黃金千兩、食邑萬戶求購將軍頭顱，秦王對待將軍，是不是太過分了？

【樊於期】（伏地痛哭）末將每每想到此事，就感到痛心疾首，彷彿連血液都不再流動，似乎連呼吸都要停止。所以末將向太子請命，願戰死沙場，以報秦王滅族之恨，以報太子收留之恩。

【荊　軻】將軍差矣！將軍曾為秦國上將，雖然亡燕，但身分終生難改矣。以秦將之身，拒秦國大軍，此忠臣烈士不為也。荊軻今有一計，既可報將軍不世之仇，又可酬將軍欠人之恩，更可成將軍英烈之名——

【樊於期】大俠教我。

△　荊軻示意秦舞陽將寶匣送到樊於期面前。

【荊　軻】將軍可知匣中何寶能讓秦王如此動容？

【樊於期】末將不知。

△　荊軻示意秦舞陽打開寶匣，匣中空無一物。

【樊於期】（疑惑地）大俠……

【荊　軻】此匣空置，等待將軍之首級！

【樊於期】（仰天悲鳴）太子殿下……

【荊　軻】後世的史官，已經準備好了刀筆竹簡，準備刻寫將軍的事蹟。

【樊於期】（悲涼地）太子殿下……

△　樊於期拔劍自刎。

【荊　軻】（對狗屠）趕快取下樊將軍首級，放在冰窟裡藏起。

【秦舞陽】這是他的看家本事。

【燕　姬】一場意味深長的好戲。

【高漸離】我的智慧，已經不足以理解眼前發生的事情。

【燕　姬】更精彩的故事，大概剛剛開始。

△幕後傳呼：太子殿下聞荊卿微恙，割臂上之肉四兩，為荊卿煲湯療疾——

△太子府中隨從甲持麈尾在前引導，隨從乙捧湯煲隨後上場。

【高漸離】嗟乎，殿下此舉，足以驚天動地，荊大俠啊，我等雖肝腦塗地也難報太子高義於萬一了。

△隨從乙將湯倒出，獻到荊軻面前。

【隨從甲】此湯大補，勝過貓頭鷹腦袋。

【隨從乙】請大俠趁熱喝下，我們也好回覆太子。

【荊　軻】太子啊太子，其實您不煲這湯，荊軻也沒有絲毫迴旋餘地了。

【隨從甲】請大俠趁熱用湯，早日恢復健康。

【荊　軻】（拔劍擊破湯碗）請回覆殿下，荊軻如有動搖之心，就跟這個湯碗一樣。

第六節　斷袖

△　同前景。

△　舞台中央，席上有臥具。

△　旁有燈盞，表示夜景。

△　秦王偶像置於席邊。

△　天幕上懸掛著一隻巨大的貓頭鷹。

△　燕姬端著一碗湯跪進到荊軻面前。

【燕　姬】主人，請喝補腦湯。

【荊　軻】（奪過碗扔到一側）你也相信那些鬼話？

【燕　姬】病篤亂投醫。

【荊　軻】這江湖郎中的邪門歪道根本治不了我的病。

【燕　姬】那誰能治好你的病？

【荊　軻】你。

【燕　姬】我已經盡我所能。

【荊　軻】（雙手抓住燕姬的肩膀）燕姬，趁著這良辰美景，讓我再看一眼你美麗的面容。讓我再吻一次你嬌豔的櫻唇，讓我再嗅一次你秀髮的芳馨。明天，就要在太子面前實戰演練，後天就要啟程遠行。燕姬，此刻我不是那個冷酷的刺客，也不是那個清高的俠士。此刻我是一個有血有肉的人，一個平生第一次領略了肌膚之親的男人。

【燕　姬】聽起來好像真的。

【荊　軻】三個月來，第一天你有精彩表演，然後你就沉默寡言。白天你還偶爾說幾句冷嘲熱諷的話，但一到晚上，你就變成了一個只有肉體沒有靈魂的土木偶人。我吻你，如同吻著一塊冰；連我的舌頭和嘴唇都變得僵硬。我抱你，如同抱著一塊鐵，那麼僵硬，那麼沉重；使我的雙臂都感到麻木痠痛。看起來你對我事事順從，但你的心像一塊地洞裡的石頭；你的靈魂，在一個遙遠的地方遨遊；宛如一只難以捕捉的風箏。

【燕　姬】我有靈魂嗎？

【荊　軻】一入夜，就彷彿有黏稠的蜂蜜黏住了你的嘴；一上床，你就如同死人閉上眼睛。我真的就那麼討厭嗎？連讓你看一眼都不值得？我真的那麼不堪嗎？連被你罵一句都不夠資格？燕姬，跟你在一起，起初我還以為占了多大的便宜，但現在，我愈來愈感到受了你巨大的蔑視！一個男人，被一個自己心儀的女人蔑視，這樣的痛苦勝過了從臂上往下割肉。太子為了激我刺秦，可以割肉為我煲湯；為了讓你睜開眼睛看看你身上的我，為了讓你給我一點溫度，我可以砍下一條手臂。燕姬！

【燕　姬】（冷笑）你不要叫我燕姬，我現在是大俠荊軻屋裡的一件東西，與那些歸你使用的車馬貨物是一個等級。

【荊　軻】你是我心中的無價之寶，如果我的嘴巴足夠大，我會將你吞到嘴裡。

【燕　姬】這真是出我意料的奇蹟。我以為你只會板著面孔玩酷，想不到竟然從你的嘴裡吐露出這樣一番肉麻的說辭。太子把我像贈送物品一樣贈送給你，供你洩慾就是我的天職。你也從來沒有把我當成一個人吧？難道你還指望一件物品開口說話？如果你的車說了話，如果你的馬說了話，如果你的那些珠寶說了話，（指秦王偶像）如果他說了話？你難道不被嚇個半死？

【荊軻】我的車馬珠寶，後天這個時候，就會重新變成太子的財產；其實它們從來也沒有屬於過我。就像這所豪華的宅邸，產權永遠歸太子，我不過是一個暫時寄居的房客。而這秦王偶像，我倒真希望他能開口說話。讓我聽聽這威震華夏的虎狼之君，喉嚨裡能發出什麼樣的聲音。從我受命之後，每天夜裡都會夢到他，就像與一個老友定時約會。在我的夢裡，他總是滔滔不絕地講，講他的抱負，講他的痛苦，講他的委屈，而我，就像被一雙巨手扼住了咽喉，空有滿腹的話語，但卻發不出自己的聲音。而他的聲音，與你的聲音竟是那麼的相似；他的蜂準長目、兩道蠶眉、一張闊口、三綹美鬚，只不過是他戴著的一副面具，而面具後邊隱藏著的，是你的月貌花容。這樣的夢境屢屢動搖我的決心，使我胳膊痠軟，連輕如鴻毛的匕首都難以舉起。我，天天端著架子，繃著面孔，彷彿一個冰冷的木偶，（指秦王偶像）就像他一樣，連他還不如，他還能夜夜進入我的夢境，而誰家的夢境裡會有我？

【燕姬】聽你這些像台詞一樣的美麗話語，即便是通篇謊言，也是一種享受。

【荊軻】燕姬，我在這俠士道裡浸淫多年，聽到的都是些壯烈的陳詞濫調，看到的都是些裝模作樣的虛偽嘴臉。習慣成自然，日久天長，我自己也變成了這般模樣。但從見到你那天我就產生了異樣的感覺，我感到包裹著我內心的那層冰殼正在融化，我心中慢慢溢出了軟弱的溫情。那天你替代高先生演說聶政故事，舉止瀟灑，英氣逼人，令我目不暇接，心醉神迷。你是我從來沒有見過的女人。我知道自己已經成為了你的奴隸，而你才是我的主人。俠士道裡允許縱情酒色，但不允許對女人產生感情。這是我的啟蒙老師和田先生反覆教導過我的。他們說俠士一旦對女人動了感情，刺出去的劍，就會飄忽不定。我忍著，不把自己當人，也不把你當人。我壓抑著內心深處像烈火一樣的感情，把自己變成一個縱慾的浪子，把你當做一個可以用金錢購買的娼妓。但堅持到這即將告別的前夜，我終於忍不住了，我必須對你表白我的心跡，儘管這種表白接近滑稽。我希望能過一夜人的生活，我希望能與一個有體溫有感情的女人過一夜生活，然後去赴湯蹈火，也不枉了為人一世。

【燕　姬】（悲涼地笑笑）先生，世上哪個女人不想動情？但動情的結果就是被當做物品一樣互相贈送。當初秦王也曾對我含情脈脈，用他那些掌握著生殺大權的手指，梳理過我的每根髮絲。為了表達柔情蜜意，他甚至用他的金口玉牙，啃咬過我的腳趾。但幾年過去，他就把我送給了太子殿下。在他的送禮清單上，開列著：駿馬三匹，車一乘，美人一個。太子窮困之時，與我相劬以濕、相濡以沫，也曾對著蒼天，發過海誓山盟。但他的誓言言猶在耳，我已經躺在你的床上任你玩弄。如果你劫持秦王歸來——當然你不可能劫持秦王歸來——但假如你劫持秦王歸來，被封為燕國上卿，為了你的利益，馬上就會把我轉送給你的狗友狐朋。女人在這樣的世道裡，妄動真情，往輕裡說是一種浪費；往重裡說，那就是自己找死。女人的感情不是永不枯竭的噴泉；女人的感情是金絲燕嘴裡的唾液。——你知道嗎？這種華貴的小鳥，牠的唾液只能壘出一個晶瑩的燕窩；到了第二個，吐出的全是鮮血。你難道要我的血嗎？

【荊　軻】輕易不動感情的人，一旦動情，就會地裂山崩，把自己燃燒成一堆灰燼，被他愛上的人，也會被這狼煙烈火燒烤得痛不欲生。我不要你的血，但我要你接受我的感情。

【燕　姬】先生，所謂的感情，其實是一種疾病。來得快，去得猛；來得慢，去得緩。但不管是快還是猛，不管是慢還是緩，只要是上了這條賊船，不遍體鱗傷，也要丟盔棄甲。如果你還不明白，就想想春天池塘裡那些戀愛的青蛙，牠們不知疲倦地呱呱亂叫，不吃不喝，不睡不眠，被愛情煎熬得如同枯枝敗葉。一旦交配完畢，立刻仰天而死。而那些沒有戀愛的蛤蟆，則可以在池塘裡自在悠遊，從陽春到盛夏，從盛夏到金秋，然後開始又一次幸福的冬眠。

【荊　軻】我寧願做一隻戀愛中的青蛙，放開喉嚨歌唱，然後盡歡而死，也不願意做一隻長命百歲的蛤蟆。

【燕　姬】您做不了青蛙，也成不了蛤蟆，您是肩負重任的大俠。所以啊，先生，還是省出點時間和精力，仔細謀畫一下您的刺秦大計。人家的豪宅你住了，人家的美酒你喝了，人家的女人你玩了，連人家身上的肉你也吃了。你的身體其實已經不再屬於你自己，你們的交換已經完成。你看起來還活著，其實已經死了。唯一可做的，就是利用已經不屬於你的這條命，為自己撈取更大的名聲。我曾經對你說過許多秦宮的陳規陋俗，那些都是廢話，你從許多人那裡都可以打聽到，今晚我對你說的，才是我要傳給你的真經。

【荊　軻】（自嘲，悲涼地）為什麼真理多半從女人的嘴裡說出？

【燕　姬】（冷笑）因為女人更喜歡赤身裸體。（脫下一件衣服扔到秦王偶像頭上）來吧，荊軻先生，我的主人，我願意提高一點溫度，讓一個活著的死人，領略一次女人的熱情。

【荊　軻】你的話已經讓我感到心灰意冷，勉強地升溫，還不如戴著假面演戲；偽裝的笑容，還不如真實地哭泣。我已經被太子推上虎背——

【燕　姬】沒騎上虎背的人，也許正被嫉妒的火焰，燒烤得眼睛通紅。

【荊　軻】感謝你在深沉的夜晚對我說了這些話，我身既然已屬太子，那就該全力以赴，幹好他託付的事情。（用劍挑開秦王頭上的衣服）請你穿好這五彩的霞衣，陪我再次熟悉刺秦路徑。

【燕　姬】其實已經不必再費精力，你有了樊於期的頭顱和督、亢的地圖，肯定可以得到近身秦王的機會。你手中有了劇毒的匕首，只要觸及秦王的皮膚，就能要了他的性命。你必將成為一個名重一時的刺客，但我還是為你感到可惜。

【荊　軻】是可惜我這條不值錢的性命？

【燕　姬】俠客的性命本來就不值錢。對於你們來說，最重要的是用不值錢的性命，換取最大的名氣。我已經多次聽那個高先生高談闊論，——他知識豐富，老謀深算，劍術也是上乘——聽他的意思，似乎你刺死了秦王，就會成為天下第一刺客，空前而絕後，無人再能超越。其實，他不知道：一次成功的刺殺，就像「有情人終成眷屬」一樣平庸。他不明白，難道你也不明白？事物的精彩不在結局而在過程。

【荊　軻】你的意思是我不應該刺死秦王，而是應該把他生擒？你比我還要清楚，生擒秦王，絕無可能。別說我挾持著秦王出不了秦宮，即便出了秦宮，我又如何能夠挾持著一個國王，穿越層層關卡，走完從秦都咸陽到燕都薊城的三千里路程？

【燕　姬】即便你能生擒秦王，從秦都回到燕都，依然是一個平庸的結局。

【荊　軻】刺死他，平庸；生擒他，依然平庸。按你的想法，如何才能不平庸？

【燕　姬】你應該知道，最動人的戲劇是悲劇，悲劇沒有大團圓的結尾。最感人的英雄是悲劇英雄，他本該成功，但卻因為一個意想不到的細節而功敗垂成。如果你能做到這一點，你就超越了歷代的俠客，而後代的俠客，如果摹仿你，都像東施效顰一樣拙劣。

【荊　軻】我似乎明白了你的意思。

【燕　姬】其實我的意思，早就存在於你的心中。

【荊　軻】我真懷疑你是秦王派來的奸細。

【燕　姬】（冷笑）你就不懷疑我是太子的臥底？

【荊　軻】即便你是太子的臥底，我這裡還有什麼有價值的機密？

【燕　姬】對太子殿下來說，這裡的一切都是機密。譬如荊軻中午吃了一碗米飯，下午和高漸離討論秦國的氣候問題。由討論秦國的氣候，引申到秦宮內的溫度，然後又猜測了秦王上朝時會穿什麼服飾。總之會有人向太子匯報：荊軻為了刺秦，已經絞盡了腦汁。他考慮到了可能發生的各種情況，並想出了許多的應對措施。看起來如果不發生難以預料的變故，他們的計畫已經萬無一失。

【荊　軻】那麼，請允許我向你——你這個為秦王梳過頭的宮女——請教幾個有趣的問題。（指向秦王偶像）他真是這副模樣嗎？

【燕　姬】（從身後摸出一副面具戴上）他也許是這樣一副模樣。（披上一件黑色的長袍）他也許穿著這樣的服飾。

【荊　軻】我想知道秦王服飾用什麼材料製成？它們是否足夠結實。

【燕　姬】（摹仿秦王聲口，邊說邊舞）寡人乃大秦國君，食不厭精，膾不厭細。金山銀海，肉林酒池。錦衣華服，當然是上等質地。寡人的朝服，是用天蠶絲織成的錦緞裁縫而成。瀟灑飄逸，堅韌無比。寡人的一只衣袖，可以拴住一匹駿馬；寡人的一條絲帶，能夠懸掛一具屍體。等你們到達秦宮之時，已經是隆冬臘月，接見你那天，寡人會內穿狐裘，外罩長袍。長袖飄飄，猶如黑雲漫捲；冠冕堂皇，宛若天神下凡。（厲聲）荊軻，你為什麼要刺我？

△　荊軻語塞。

【燕　姬】你跟我有仇嗎？

【荊　軻】我跟你沒仇。

【燕　姬】你跟我有怨嗎？

【荊　軻】我跟你也沒怨。

【燕　姬】那你為什麼要刺我？

【荊　軻】我是為了天下的百姓刺你。

【燕　姬】許多卑鄙的勾當，都假借了百姓的名義。

【荊　軻】你凶狠殘暴，滅絕人性，濫殺無辜，連自己的親族也不放過——我為那些死去的冤魂刺你。

【燕　姬】你是俠士，據說還喜歡讀書，按說應該有點見解，怎麼像目不識丁的婦孺一樣天真無知？你去翻翻那些落滿灰塵的歷史帳簿，看看哪家的宮廷裡沒有刀光劍影？看看哪個國王的手上沒有斑斑血跡？勾心鬥角，爭權奪勢；我不殺他，他必殺我；沒有公道，也沒有正義；沒有是非，更沒有真理。成則王侯，敗則賊寇。這樣的故事過去有，現在有，將來也不會絕跡。你用這樣的理由刺我，不但不能服眾，只怕連你自己也說服不了。

【荊　軻】你橫徵暴斂，賦稅沉重，致使民不聊生；你大興土木，修建宮殿王陵，百姓啼飢號寒，民眾怨聲載道。——我為了秦國百姓刺你。

【燕　姬】你又不是秦國百姓，我橫徵暴斂，我大興土木，干你屁事？再說，你現在棲身的豪宅，難道是用氣吹出來的？你享受的錦衣玉食，難道是老百姓自願奉獻？

【荊　軻】你窮兵黷武，發動戰爭；侵占鄰國土地，擴大秦國版圖；虎狼之心，貪得無厭。慶父不死，魯難未已；暴秦不滅，天下不得和平。——我為諸侯刺你。

【燕　姬】你以為刺死我天下就和平了嗎？春秋無義戰，列國皆爭雄。幾百年來，戰亂不斷，諸侯紛爭；今日合縱，明日連橫；國土疆界，如水隨形。這是基本的歷史常識，還用得著我來對你普及？哪個國家強大了，不對弱國動武？哪個女人漂亮了，不被男人覬覦？利刃在手，易起殺心；權大無邊，必搞腐敗。兵多將廣，武器精良，不發動戰爭，難道養著好看？弱肉強食，古今一理。假如我被你刺死，那些諸侯，馬上就會起兵攻秦，秦國的版圖，照樣會被瓜分蠶食。與其這樣爭鬥不斷，不如我把他們全滅了，那樣也許還真的迎來一個天下和平的時代。你用諸侯之名刺我，等於為一群狼，刺另外一隻狼。這樣的理由，不能讓我信服。

【荊　軻】燕太子丹捨我豪宅，日進美食，間進車騎美女，供我享用，知遇之恩，不敢不報——我為燕太子丹刺你。

【燕　姬】這還勉強算作一個理由，不過也不是什麼知遇之恩，只能算作豢養之情；就像主人豢養著一條狼狗，隨時都可以放出來咬人。我可以送你更大的豪宅，贈你更精美的食物，把我的車輛送你，將我的駿馬贈你。我宮中的三千粉黛，任你挑選享用；我庫中的金銀財寶，供你恣意揮霍。但我讓你去替我刺燕太子丹，你去嗎？

【荊　軻】太子殿下為我割股煲湯，恩情重於泰山——

【燕　姬】也許那湯裡煲著的只是一條狗腿，我可知道那廝的脾氣。

【荊　軻】俠義之士，一言既出，駟馬難追。我已經答應了燕太子丹，豈能反悔？——我是為了俠士的榮譽刺你。

【燕　姬】你總算說到了事情的根本。你們這些所謂的俠士，其實是一些沒有是非、沒有靈魂、仗匹夫之勇沽名釣譽的可憐蟲。但這畢竟也算是一種追求，做到極致，也值得世人尊重。我同意你用這樣的名義刺我，但為你考慮，我希望你好好謀畫，怎樣用你這點唯一的本錢，賺取最大的利益。（摘下秦王面具）荊軻，我如果是你，就不刺死他。因為這秦王，在短期內必將滅絕諸侯，一統天下。他將成為中國歷史上第一個皇帝。他還將在他的帝位上，幹出許多轟轟烈烈的事蹟。他很可能要統一天下的文字，焚燒那些無用的雜書。他很可能要整修天下的道路，統一天下的車距。他很可能要在列國長城的基礎上，修建一條綿延萬里的長城。他很可能要燒製成千上萬的陶俑，在地下排列開輝煌的戰陣。他很可能要去泰山封禪，派術士到海上求仙。你如果此時刺死他，這些輝煌的業績，荒唐的壯舉，都將成為泡影。按照你那位朋友高漸離的說法，「水漲船高」，你的名字，既然要和他聯繫在一起，就應該和千古一帝的嬴政聯繫在一起，而不要和眼下的秦王聯繫在一起。你殺了眼下的秦王，他是主角，你是配角。你能殺而沒殺眼下的秦王，他是配角，你是主角。既然是放債，就要爭取最豐厚的利息；既然是演戲，那當然要賺取最熱烈的喝采。而且我也說過，世人總是更願意垂青失敗的英雄。先生，讓秦宮裡的人看到，你本來可以殺死秦王，但你為了活捉他，而沒有殺死他，這次演出，就算是大獲成功！

【荊　軻】你想讓我牽著秦王的衣袖，把舞台一直擴展到荒郊野外？

【燕　姬】舞台上的戲劇，無論多麼拙劣，也會贏得捧場者的喝采；而曠野裡的演出，無論多麼卓越，也注定了沉寂無聲。秦王的壯麗宮殿無疑是最輝煌的舞台，先生和秦王的戲，應該在這裡結束。殿下的甲士和殿上的文臣，都將成為你們的觀眾；他們的竊竊私語，將成為後代傳奇的源頭。他們的口傳心授，將使你永垂不朽。

【荊　軻】開場的鑼鼓已經響起，但似乎還缺少一件小小的道具。

△　燕姬摘下銅指甲戴到荊軻的手上。然後戴上秦王面具。

△　荊軻左手抓住燕姬的衣袖，右手持匕首。兩人拉扯著，衣袖欻然斷裂。

二人相視一笑，心領神會。

第七節　副使

△同前景。

△荊軻雙手抱頭，伏在地上。

△秦舞陽和狗屠急得如同熱鍋螞蟻團團轉。

△高漸離試著荊軻的脈搏。

△燕姬扮成秦王，冷冷地坐在一旁。

【幕　後】太子的車駕已經出發了！

【狗　屠】這可如何是好？

【秦舞陽】立即通報太子，就說大俠因嚴重失眠導致頭痛，演習計畫取消！

【狗　屠】早不頭痛，晚不頭痛，偏偏這個時候頭痛……

【高漸離】天有不測陰晴，人有旦夕疾病……
【秦舞陽】那麼多貓頭鷹腦袋也沒起作用……
【高漸離】大俠的病已經不是失眠，而是一種怪症……
【狗　屠】火燒眉毛了，高先生，你就死馬當成活馬醫，給大俠扎上兩針吧！
【高漸離】（嚴厲地）什麼話！大俠是一匹駿馬，只不過患了點小病。我看，咱們還是暫且退下，讓大俠安靜一會。

△　高、秦、狗屠下。

【荊　軻】（緩緩抬起頭，對燕姬）我頭痛欲裂，你無動於衷。
【燕　姬】（抖抖身上衣服）我現在是秦王，難道要我對一個即將刺我的刺客同情？
【荊　軻】脫下這身黑衣，你就是燕姬。
【燕　姬】是你們要我穿上這身黑衣。
【荊　軻】即便穿著黑衣，你也是燕姬。

【燕　姬】這世上的人，有幾個知道自己是誰？

【荊　軻】是啊，我是即將名揚天下的大俠，還是正犯頭痛的小丑？

【燕　姬】你是即將成為大俠但突然犯了頭痛的荊軻。

【荊　軻】大俠還會患病？

【燕　姬】大俠也是人，自然也會患病。

【荊　軻】如果沒有昨天那個難忘的夜晚，我也會這樣認為；但現在，我認為一個頭痛的人是不配做大俠的。只有凡人才會頭痛，大俠怎麼可以頭痛？

【燕　姬】可你的頭的確在痛。

【荊　軻】大俠沒有頭痛的權利。

【燕　姬】大俠也有一顆頭顱，有頭顱自然就會頭痛。

【荊　軻】就算大俠可以頭痛，但一個頭痛的大俠，怎麼能去完成這偉大的使命。

【燕　姬】你是怕了吧？

【荊　軻】我知道你會這樣說。

【燕　姬】不是我想這樣說，是世上的人會這樣說。

【荊　軻】大俠還是沒有頭痛的權利。
【燕　姬】你有頭痛的權利，但沒有以頭痛為藉口不去完成自己使命的權利。
【荊　軻】如果我沒有頭痛，也不去完成這所謂的使命，那會怎麼樣呢？
【燕　姬】你竟然讓我回答這樣愚蠢的問題？
【荊　軻】我自然知道答案，但我需要你來回答。
【燕　姬】眾人的唾沫會將你淹死。
【荊　軻】他們會說我是懦夫。
【燕　姬】對。
【荊　軻】他們會罵我忘恩負義。
【燕　姬】對。
【荊　軻】他們會說我壞了俠道裡的規矩，他們會說我是俠道裡的敗類。
【燕　姬】對。
【荊　軻】他們是誰？
【燕　姬】看來你頭痛不是裝的，你的腦袋的確出了問題。他們是誰？他們是你的

朋友，他們是太子，他們是你，是我，是天下人，即便是秦王知道了，
也會瞧你不起。

【荊　軻】看來這齣戲我必須演下去了。

【燕　姬】未必。

【荊　軻】難道還有別的選擇？

【燕　姬】你死。

【荊　軻】怎麼死？

【燕　姬】臨陣脫逃，忘恩負義，被太子殺死。

【荊　軻】還有呢？

【燕　姬】引劍自刎，服毒自殺，撞牆自盡，或者跳水自沉，總之，想個辦法將自己弄死。

【荊　軻】然後呢？

【燕　姬】遺臭萬年。

【荊　軻】而我死在秦國大殿上就會流芳百世。

【燕　姬】你的頭還痛嗎？
【荊　軻】似乎輕了一些。
【燕　姬】是不是可以讓太子的車駕出發？
【荊　軻】慢著。我畢竟是一個活生生的人，眼見著就要去送死。
【燕　姬】是人就要死。
【荊　軻】你希望我怎樣死？
【燕　姬】我希望你不得好死。
【荊　軻】不得好死？
【燕　姬】在秦宮中讓甲士剁成肉泥。
【荊　軻】太子說過，你是秦王身邊人，為他司梳頭之職；我想，你站在他的身後，用你柔軟的酥手，撫摸著他的頭頸，你身上的香氣，讓他心醉神迷……
【燕　姬】何須那麼多鋪墊？秦宮裡的女人，都是秦王的東西，他想怎麼的就怎麼的。
【荊　軻】我是說你，你對他是不是動過真情？

【燕　姬】讓我動過真情的，是我故鄉的一個羊倌，他站在山頂上，放聲高唱：與妹妹立下山盟海誓，要分開除非東做了西……

【荊　軻】你恨秦王？

【燕　姬】不。

【荊　軻】他拆散了你們的姻緣。

【燕　姬】能拆散的姻緣不算姻緣。

【荊　軻】你恨太子？

【燕　姬】不，他沒有什麼對我不起。

【荊　軻】你說過，他將你像一件物品一樣贈送給我。

【燕　姬】也許，我該對他心存感激。

【荊　軻】這麼說，你並不厭惡我？

【燕　姬】你是即將名揚天下的大俠啊！

【荊　軻】你想不想知道我是什麼人？我是說，你想不想知道我的歷史？

【燕　姬】我沒有堵住你的嘴巴。

【荊　軻】我曾經欺負過鄰居家的寡婦。

【燕　姬】好。

【荊　軻】我還將一個瞎子推到井裡。

【燕　姬】好。

【荊　軻】我出賣過自己的朋友，還勾引過朋友的妻子……總之，我幹過你能想到的所有的壞事。

【燕　姬】你像一條蠶，不斷地排出糞便，剩下滿肚子銀絲，你已經接近於無限透明。

【荊　軻】為了贖罪，我才揹上一把劍，當上俠客，不惜性命，幹一些能夠讓人誇獎的好事。

【燕　姬】我欣賞你的反思。一個能夠將自己幹過的壞事說出來的人，起碼算半個君子。

【荊　軻】因為我把你當成了親人，因為我愛上了你。

【燕　姬】你愛的是你自己。

【荊　軻】從你身上我看到了我自己。
【燕　姬】這麼說我成了你的鏡子？
【荊　軻】我也是你的鏡子。
【燕　姬】那就讓我們互相照一照吧。
【荊　軻】我看到了一個怯懦的人。
【燕　姬】也是一個勇敢的人。
【荊　軻】一個曖昧的人。
【燕　姬】也是一個明朗的人。
【荊　軻】一個小人。
【燕　姬】也是一個偉人。
【荊　軻】合起來就是我？
【燕　姬】也是我。
【荊　軻】我就是你，你也是我。
【燕　姬】其實都是普通的人。你的頭還痛嗎？

【荊　軻】似乎不痛了，但還是有些麻木。

△燕姬脫掉外衣，露出紅妝。

【燕　姬】太子說過，我是治你病的良藥。
【荊　軻】我想把你抱進臥室。
【燕　姬】只要你想，這裡就是臥室。
【荊　軻】我還有一件大事沒有決定。
【燕　姬】挑選副使。
【荊　軻】聰明！
【燕　姬】女人都愛耍小聰明。
【荊　軻】那麼，你說，我該選誰做副使？
【燕　姬】我。
【荊　軻】你？

【燕　姬】穿上男裝就是一個英俊少年。
【荊　軻】你也想流芳百世？
【燕　姬】我怕你路上失眠，更怕你在緊要關頭犯了頭痛。
【荊　軻】看來你是最合適的副使。
【燕　姬】這是大事，還請三思。
【荊　軻】吾意已決，何必猶疑。
【燕　姬】你應該想到，我也許會向秦王通風報信。
【荊　軻】女人都愛看戲，你不會再讓一齣好戲提前閉幕。
【燕　姬】你應該想到，我也許在路途上找機會殺你，譬如在你的酒裡加上毒藥——
【荊　軻】死得很傳奇。
【燕　姬】趁你睡覺時用刀抹了你的脖子。
【荊　軻】在睡夢中被女人殺死是一件風流韻事。
【燕　姬】你應該想到，也許我會找機會逃走。
【荊　軻】那我會嗅著你的氣味追你。

【燕　姬】我有氣味嗎？

【荊　軻】你有獨特的氣味。

【燕　姬】如果你將我追上……

【荊　軻】那就是范蠡和西施的故事了。

【燕　姬】接下來呢？

【荊　軻】男耕女織，生兒育女。

【燕　姬】你的頭還痛嗎？

【荊　軻】你似乎看透了我。

【燕　姬】你是我的主人啊！

【荊　軻】（高聲傳呼）請太子車駕起行！

第八節 殺姬

△荊軻豪宅，舞台設置與第九節相同。

△秦王偶像撤除。

△太子丹一條胳膊用繃帶吊起，與隨從站在舞台一側觀看實戰演習。

△燕姬戴面具扮秦王側對觀眾，坐在舞台中央。

△秦舞陽、狗屠扮侍衛立在燕姬身後。

△幕後傳呼：荊卿請示太子殿下，演習是否開始？

【太　子】開始。

△音樂聲起。

△（秦舞陽和狗屠交替傳呼九次）大王有旨，傳燕使上殿——

△在傳呼和音樂聲中，荊軻手捧木匣，高漸離手捧地圖，先並足而行（象徵登上台階），然後跪地膝行，漸漸靠近燕姬。

【荊、高】（頓首，合）燕使參拜大王，祝大王萬歲萬歲萬萬歲。

【燕　姬】將那燕丹之書讀來。

【荊　軻】（取出書信，展讀）罪臣燕丹頓首大王陛下：曩者，臣丹愚昧無知，誤聽宵小之言，夜亡上國，辜負大王厚遇，釀成千古大錯。每每思之，悔之莫及。今遣使荊軻，賚叛將樊於期首級並督、亢地圖，敬獻於大王陛下。臣已說服燕君，願將窮僻之小燕，置大秦羽翼之下為屬國，歲貢黃金萬兩，錦緞千匹，玉璧十雙，東珠百顆。書不盡意，臣丹泣血頓首遙祝大王萬歲萬歲萬萬歲。

【燕　姬】這廝還算知趣。燕使荊軻，將那樊於期的首級獻上來。

△　荊軻手捧木匣，膝行上前，然後退下。

【燕　姬】（開啟木匣，冷笑）樊將軍別來無恙？（環視周圍）叛我者都是這等下場！將督、亢地圖獻上。

△　高漸離又欲膝行上前，省悟，退後，將地圖交給荊軻。

△　荊軻捧地圖膝行上前。

△　荊軻協助燕姬展示地圖。

△　圖窮匕首見。

△　荊軻左手抓住燕姬袍袖，右手持匕首，刺入燕姬胸膛。

【燕　姬】（摘下秦王面具）西施……范蠡？

△　眾目瞪口呆。

【荊　軻】那只是一個傳說。

△燕姬伏地而死。

【荊　軻】（膝行轉身向太子）燕姬乃秦王奸細，屢屢動搖我刺秦決心，荊軻為殿下除之。

【太　子】（用袍袖遮面）嗚呼，燕姬！（片刻後）儘管眼前的刀光血影，污染了我的眼睛，但荊卿啊，你愈來愈像一個大俠了！

【荊　軻】多謝殿下贊頌。

【太　子】荊卿何時可以成行？

【荊　軻】明日午時，辭別殿下啟程。

【太　子】副使人選可是高先生？

【荊　軻】高先生智謀深遠，劍術精湛，留在殿下身邊，可為棟梁股肱，不必跟隨荊軻，去做無謂犧牲。（高漸離跳起來）——刺秦副使，秦舞陽足可任用。（秦

舞陽跪倒在地）

【高漸離】（撲到燕姬身邊痛哭）嗚呼，這真是一部精心策畫的傑作啊，俠肝義膽美人血……什麼因素都不缺了，成了，成了，成了，成大名了……

【太　子】（向荊軻）他在囉嗦什麼？

【荊　軻】高先生講的似乎是人生哲學。

【太　子】怪不得這樣深刻。

第九節　壯別

△易水邊。

△舞台中鋪一席，席中置一几，几上有酒器。

△高漸離擊筑，樂聲悲憤。

△荊軻揹劍、木匣。

△秦舞陽揹地圖及行囊。

△狗屠揹劍，無聊地站在一旁。

△太子（依然吊著胳膊）及隨從。

【太　子】（跪在席上，舉酒祝禱）皇天后土，過往神靈。佑我人燕，助我荊卿。一路順遂，抵達秦境，刺殺暴君，天下和平。

△　太子行奠酒之禮。

【太　子】荊卿，秦卿，請入席。

△　荊軻和秦舞陽跪坐几案前，與太子相對。

△　太子親為荊軻和秦舞陽斟酒。

△　狗屠在一邊，尷尬地轉來轉去。

【太　子】（舉杯）荊卿，秦卿，請乾了這杯酒，以壯行色！

△　三人乾杯，乾杯後相互拜。

△　太子再為二人斟酒。

【太　子】（舉杯）二位愛卿，請再乾一杯酒，願天遂人願，馬到成功！

△　三人乾杯，乾杯後相互拜。

△　太子再斟酒。

【太　子】（舉杯）二位大俠，蓋世英雄。丹之再生父母，燕國人民的救星。請乾了這第三杯酒，易水壯別，天地動容；引頸西盼，捷報早傳！

△　三人乾杯。

【太　子】（傳呼）船來——渡荊、秦二卿過易水！

△　眾立起。荊軻、秦舞陽欲行。

△　荊軻穩坐，低頭沉思。

【太　子】（驚慌地）荊卿，難道你反悔了嗎？

【荊　軻】俠士一言九鼎，焉能反悔？

【太　子】難道還有什麼事情沒有齊備嗎？

【荊　軻】萬事俱備。

【太　子】（注目秦舞陽）可要調換副使？

【高漸離】（匆忙膝行至太子面前）微臣願為太子效命。

【狗　屠】（匆忙膝行至太子面前）狗屠願像殺狗一樣把秦王殺死。

【秦舞陽】（匆忙跪在荊軻面前）荊卿，荊大哥，舞陽四肢發達，頭腦簡單，一切聽您調遣，您讓我怎麼樣，我就怎麼樣，決不調皮搗蛋。

【荊　軻】副使是我親自擢選，不須調換。

【太　子】（疑惑地）那就請荊卿盡早上船。荊卿如有什麼要求，請儘管直言。為了刺秦救燕，我燕丹，連這顆愁白了的頭顱，也可以奉獻。

【荊　軻】孤身一人，無牽無掛無所求。

【太　子】那荊卿欲行又止，遲疑不發，到底是為了什麼？

【荊　軻】微臣在考慮一個問題。

【太　子】（急切地）什麼問題？

【荊　軻】我為什麼要殺燕姬？

【太　子】（長舒一口氣）荊卿親口所言，燕姬乃秦王奸細。

【荊　軻】我在想，她也許是殿下派來的臥底。

【太　子】荊卿萬勿多疑，本宮可以對天盟誓。她只是我身邊一個略有姿色的女人，送給荊卿，消煩解悶而已，哪裡是什麼臥底？

【荊　軻】殿下，田光先生因為您一句話而自刎，為的是太子對他有所懷疑。燕姬在微臣面前屢屢渲染秦宮的森嚴和秦王的威儀，言外似乎含有深意。微臣猜想是殿下懷疑我刺秦之意不堅，特派燕姬前來試探。如果是這樣，微臣願意死在這易水河邊，向殿下表明心跡，刺秦之事，請殿下另派忠義之士。

【太　子】嗚呼荊卿，燕丹不才，也知道用人不疑的道理。您是田大俠以死薦舉之人，本宮如果懷疑，怎麼對得起田大俠那番情義？荊卿，你死了，燕國就要滅亡啊。就讓本宮在你面前自刎了吧，與其蒙受這天大的冤屈，活著，還不如死去。

△　太子拔劍做出欲自刎狀，被左右侍衛攔住。

【荊　軻】殿下不要輕生，您的性命，關係到燕國的江山社稷。

【太　子】那就把這顆卑賤的頭顱，暫時寄存在頸上，為的是等待荊卿的勝利消息。但本宮送人不當，使荊卿心生疑忌。這是我的過錯，頭可以留下，但懲罰不能免卻。我知道礙於情面和禮儀，你們誰也不會對我動手，那就讓我自己……（尖利地）批頰二十，向荊卿表明我的心跡。（拔出劍）你們誰也不要攔我，誰敢攔我，我就伏劍而死！

△　太子抽打著自己的面頰，一邊抽，一邊自己報數。

【高漸離】（以手搥胸）糊塗的殿下啊……殿下好糊塗啊……你讓微臣百感交集……

【荊　軻】殿下，燕姬不是您的臥底，那她就是秦王奸細？

【太　子】是的，她原本就是秦王身邊之人，我一直就對她心存猜疑。把她送到你的身邊，就是要看她如何表演。感謝荊卿，替我，也替燕國除了一大隱患。

【荊　軻】這麼說，我沒有殺錯？

【太　子】沒有殺錯。

【荊　軻】沒有殺錯，沒有殺錯。（站起，狂笑）

【太　子】絕對沒有殺錯。

【荊　軻】沒有殺錯，其實就是殺錯了。看起來殺的是她，其實殺的是我自己。嗚呼，燕姬……

△　荊軻再次坐下。

【太　子】請先生上船！

【荊　軻】船來了嗎？不，還沒有來。望殿下稍安勿躁，荊軻不走，是因為高人未到。

【太　子】什麼高人？

【荊　軻】（神祕地）吾與高人有約，今日午時三刻，他將乘船，從天河飄來。

△　眾人茫然相顧。

【高漸離】故弄玄虛，掩飾卑怯心理。

【太　子】這個世界上，難道還有比荊卿更高的人嗎？

【荊　軻】與他相比，荊軻只是一具行屍走肉。

【高漸離】愈弄愈玄了。

【荊　軻】（立起，仰望長天）高人啊，高人，你說過今天會來，執我之手，伴我同行，點破我的癡迷，使我成為一個真正的人。高人啊，我心中的神，理智的象徵，智慧的化身，自從你走後，我食不甘味，寢不安席，回首來路，污泥濁水，遙望前程，遍布榛荊。茫茫人世，芸芸眾生，或為營利，或為謀名。難道這就是人生的意義嗎？難道這就是生活的真諦嗎？是的，如果我將這場戲演完——我會將這場戲演完的，我必須將這場戲演完，為了你們這些可敬的看客！——我知道史官會讓我名垂青史，後人會將我奉為英雄。但名垂青史又怎麼樣？奉為英雄又有什麼用？可怕的是在這場戲尚未開演之前，我已經厭惡了我扮演的角色，可怕的是我半生為之奮鬥的東西，突然間變得比鴻毛還輕。高人啊高人，你為何要將我從夢中喚醒？我醒來，似乎又沒醒，我似乎明白了，但似乎還糊塗，我期待著你引領我走出黑暗，但在這黑暗和光明的交界處，你卻扔下我飄然而去，彷彿化為一縷清風。我本來可以隨你而去，但臨行時卻突然失去了勇氣。我用自己的手殺死了這個超越自我的機會，我的手不受我的控制。我夢到你讓我在這古老的渡口等你，等你渡我，渡我到彼岸，但河上只有愈來愈濃的霧，卻見不到你的身影。眼見著眾人曖昧的面孔，耳聞著好漢們的嗤笑譏諷，羲和的龍車隆隆西去，易水的濁浪滾滾東行，卻為何聽不到天河裡的槳聲？你會來嗎？你還來嗎？我知道你不來了，我不配讓你來，我不敢讓你來，你要真來了我怎麼敢正視你的眼睛？我的孤魂在高空飄蕩，盼望著一場奇遇，到處都是你的氣味，但哪裡去找你的蹤影？我在高高的星空，低眉垂首，俯瞰大地，高山如泥丸，大河似素練，馬如甲蟲，人如蛆蟲，我看到了我自己，那個名叫荊軻的小人，收拾好他的行囊，帶著他的隨從，登上了西行的破船，去完成他的使命……

【荊　軻】（突起尖利高腔，似河北梆子與河南豫劇糅合而成的聲調）開弓沒有回頭箭／扁舟欲行兮心茫然／心茫然兮仰天嘆／雁陣聲聲淚潸然／知我心者在何處／亂我意者是嬋娟／平生無愛兮悔之晚／頭顱早白兮嘆流年／風蕭蕭兮易水寒／壯士一去兮不復還……

△　荊軻揹起行囊，下，秦舞陽隨下，頻頻回首。

【高漸離】（猛擊筑，悲憤地）家有賢妻，可令愚夫立業；世無英雄，遂使豎子成名……

【太　子】（鄙夷地）他又在囉嗦什麼？

【隨從】（諂媚地）大概還是人生哲學，殿下。

【狗　屠】（舉劍突向太子）燕太子丹，我要刺你——

△　太子身後侍衛輕鬆地將狗屠手中劍擊落。

△　狗屠爬行，撿起劍，再刺。劍再次被擊落，人也被踩在地上。

【太　子】你這可惡的狗屠，本宮與你無冤無仇，為何刺我？

【狗　屠】十年前，你乘車路過我家門前，軋死了我家一隻母雞。我為我家那隻母雞刺你——

【太　子】想出名想出毛病來了吧？（對侍衛）捆起來，扔到河裡餵魚！

【狗　屠】殿下，您仁義之名播於四海，如果把我扔到河裡，對你的名聲也是個傷害。

【太　子】那你想怎麼著？難道我就老老實實讓你刺死？

【狗　屠】（鸚鵡學舌般）臣聞明主不掩人之美，忠臣有死名之義。今日，我是該死，唯求殿下外衣，讓我以劍擊之。一則實現了為我家母雞復仇的心願，二來將仁人君子的名聲贈你。

【太　子】（嘲諷地）這事兒聽起來怎麼這般耳熟？哦，想起來了，是高先生為你們講過的豫讓刺趙襄子故事。想成名呢，也不是什麼壞事；別跟在人家屁股後邊學樣兒，多少有點自己的創意。

【狗　屠】我一個殺狗的，你還要我怎麼的（di）？能學成這樣，已經很不容易。

【太　子】好吧，狗屠，看你為人還算誠實，本宮今日就成全了你。（脫下袍子，扔在狗屠面前）

△　狗屠杖劍，跳躍連擊三次。

【太　子】（冷冷地）接下來呢？要不要高先生再教教你？

【狗　屠】伏劍自刎？這也忒他媽痛了，我還是跳河吧，這也算是我的創意！

△　狗屠跑下。

【太　子】（對隨從）扔兩塊石頭下去，別讓這「ㄚ」潛水跑了。

【高漸離】（站起，抱筑下）戲到終場，我卻愈來愈糊塗啦！

【太　子】（對隨從）去，把他的眼睛挖出來，他看的戲太多了。

△　太子與隨從下。

第十節 刺秦

△秦宮殿。

△秦王端坐，身後侍衛數人，均赤手。

△音樂聲起。

△九聲傳呼（可簡略）：大王有旨，傳燕使上殿——

△荊軻捧匣、秦舞陽捧圖上殿。

△荊軻膝行上前，秦舞陽渾身哆嗦，如同狗爬。

【秦　王】那個秦舞陽，表演的是什麼特技啊？

【荊　軻】大王，他是村裡來的人，沒見過大場面，更沒見過天子尊嚴。還望大王寬恕，讓他完成他的任務。

【秦　王】荊軻，你為什麼不哆嗦呢？

【荊　軻】稟大王，微臣的肉不哆嗦，但微臣的心在哆嗦。

【秦　王】真會說話。燕丹的書，寡人已經看了，你將那樊於期的首級獻上來吧。

△　荊軻膝行上前，獻上首級匣子。

【秦　王】（開匣）呸，樊於期，你這狗頭，到底沒逃出寡人的手心。（對左右）拿下去，煮熟了餵狗。

△　身後一侍衛捧下匣子。

【秦　王】荊軻，將督、亢地圖獻上來。

△　荊軻從秦舞陽手中接過地圖，膝行上前。

△秦王接圖，展示。

△圖窮匕首見。

△荊軻左手扯住秦王袍袖，右手持匕首，抵在秦王胸前。

【荊　軻】嬴政小兒，跟我去燕國，向太子殿下謝罪！

△秦王後退，二人漸漸拉開距離，力量集中在袍袖上。

△一聲響亮，袍袖斷裂。

△秦王膝行逃，荊軻膝行追。

△秦舞陽滿地狗爬。

△秦王站起來繞著柱子跑，荊軻站起來繞著柱子追。

△秦王在奔跑中拔劍，急切中拔不出。

△一個藥囊子擊中荊軻。

△幕後呼：大王負劍！大王負劍！

△秦王把劍推到背後，長劍出鞘。
△秦王回身，一劍擊中荊軻大腿。
△荊軻摔倒。
△秦舞陽趴在地上，已經嚇死。
△秦王對荊軻連刺數劍。
△荊軻劈開腿坐在地上。

【荊　軻】（高呼）痛恨秦絹不牢，使我功敗垂成！

△高台上又出現一個秦王。

【秦　王】荊軻，你往這裡看。
【荊　軻】（疑惑地）你……
【秦　王】寡人才是真的秦王。

【荊　軻】上邪——

△　荊軻抓起匕首飛擲高台上之秦王。

△　秦王中匕首倒下。

【荊　軻】（狂笑）雖不能生擒，殺之也足可成名！

△　從立柱又轉出一個秦王。

【秦　王】（溫柔地）荊軻啊，你看看我是誰啊？

△　荊軻艱難回首。

【秦　王】寡人才是真正的秦王啊。

【荊　軻】嗚呼，燕姬！我已經嗅到了你的氣味，我這就去做你的范蠡。

△荊軻仆地而死。

【秦　王】（冷冷地）你以為刺殺一個元首就那麼容易?!連那些暴發戶都有兩個替身。

△幕後高聲誦讀：五年之後，高漸離以盲人樂師身分，上殿為秦王演奏，以灌鉛之筑擲秦王。

△高漸離跑上，飛筑擲秦王。被衛士拿下。

【高漸離】（悲壯地）嗟乎，我也成了名了！

【秦　王】小小一個燕京，怎麼會有這麼多想出名的人？不把這些傢伙消滅乾淨，天下就不會和平。（對左右）抬下去，活埋！

——劇終

霸王別姬

主要人物表：

【項羽】他是一個名垂千古的悲劇英雄，不但中國人知道，外國人也知道。他沒當皇帝，但名聲遠超大多數皇帝。他的可愛，在於童心。他的悲劇，也在於童心。歷史上的人物，在現代人心目中，形象千變萬化。我把他寫成這樣，很多人不會同意。那就把他當做一個文學中的人物吧，不必去糾纏歷史真實。

【虞姬】這個人物，與其說是一個歷史人物，不如說是一個文學典型更為合適。有人說歷史是任人打扮的小姑娘，那虞姬更是任人打扮的小姑娘。我將她打扮成這樣子，是因為我站在自己立場上想像。

【呂雉】一個歷史上著名的女人。敢對女人下狠手，能控制男人。在本劇中她比在《史記》中可愛許多。她其實是個披著古裝的現代女人。

【范增】如果項羽聽了他的話，基本上可以做皇帝。但項羽不聽他的話，他只好活活地將自己氣死了事。

第一節 驚痛

△一輪圓月高懸，熠熠生輝。在本劇中，圓月是時間的象徵，是歷史的見證。

△圓月朗照著西楚霸王氣勢粗獷的大帳。帳後插著標有「西楚」、「項」字的大纛。項羽按照當時的習俗屈膝跪坐，面前一几，几上放著一個古樸的酒器。几上插一枝燃燒將盡的紅蠟頭。一侍衛持戟帳外肅立。帳壁上懸掛著一柄長劍。

△幕後傳來軍營打更的梆子聲。

△紅燭漸漸熄滅。

【項　羽】（暴躁地）侍衛！

【侍　衛】（機械地）大王。

【項　羽】秉燭！

【侍　衛】大王，這是最後一根蠟燭。

【項　羽】（搬起酒器往黑紅花紋的髹漆大碗裡倒酒，只倒出幾滴）拿酒！

【侍　衛】大王，這是最後一樽酒。

【項　羽】（推倒樽，拋掉碗，跳起來，踢翻几。淒涼地）最後一根蠟燭熄滅了，最後一樽酒喝完了。這麼說，我的末日已經到了……

【侍　衛】（黯然地）大王……

【項　羽】（仰望明月，喟然長嘆）蒼天啊蒼天！你不公道啊！你善惡不分，良莠不辨，你算什麼蒼天！你說，（指著那輪明月）你說！

【侍　衛】（驚恐地）大王，您醉了。

【項　羽】（狂笑）我醉了?!（指明月）是你醉了！是他醉了！是蒼天醉了！

【侍　衛】（順從地）對，他醉了。

【項　羽】（沮喪地低下頭）他醉了……你醉了……我也醉了……這麼說我們都醉了……

（猛地抬起頭）你，你怎麼還在這裡？我早就讓你去接我的夫人，我的虞姬，你為什麼還在這裡？難道我的將令你們也敢不聽了嗎？

【侍　衛】大王，遵照您的命令，已經派出了八彪人馬去接夫人了！

【項　羽】那為什麼我的虞還不見歸來？啊，我明白了，你們欺負我喝醉了，編了這些動聽的謊言來騙我，其實，你們根本就沒派出過一兵一卒！（猛地將侍衛揪起來，然後像甩童稚一樣將他甩出去）你們以為我喝醉了？我也想痛痛快快地醉一次，可是你們這些寡淡如水的劣酒，你們這些淺薄苦澀的村醪沒有膽量讓我醉！你們醉不了我！我要砍下你的腦袋，讓那些膽敢違抗我的將令的人，看看同類的下場！（項羽拔劍出鞘，怒指侍衛）

【侍　衛】大王饒命！的確已經派出去八彪人馬尋找夫人了……

【項　羽】那為什麼夫人遲遲不到？

【侍　衛】大王，敵軍圍困萬千重，只怕夫人她進不來了……

【項　羽】（持戟仗劍，踉踉蹌蹌欲往外走，被侍衛拉住）

【侍　衛】大王，您不能出去……

【項　羽】你隨我去接夫人進來！

【侍　衛】大王啊！那劉邦布下了天羅地網，別說是人，就是一隻鳥，也飛不出去！

【項　羽】（扔掉劍戟，手指侍衛）你說，那劉邦是個什麼東西？

【侍　衛】大王，他不是東西。

【項　羽】我乃楚國名將之後；他是市井無賴之徒。我力能拔山扛鼎；他手無縛雞之力。我寬厚仁愛，堂堂正正，言必信，行必果；他奸詐刁滑，鼠竊狗偷，背信棄義。我自舉義以來，身經七十餘戰，戰無不勝，攻無不克；他貪生怕死，屢戰屢敗。可是，為什麼我卻被困在這垓下，糧草斷絕，燭滅酒乾？你說！這到底是為什麼?!

【侍　衛】（膽怯地）大王，這蒼天，確實是醉了……

【項　羽】（指著圓月）你說！你既是蒼天的代表，那麼請你開口說話！（月亮寧靜地吐著清輝）你不開口，你裝聾作啞，你什麼都看到過，你什麼都明白，但是你不開口……虞姬，我的親人！你在何方？想當年我們跪在明月之下發願心，死要同穴生同衾，可如今，在這鐵壁合圍之中，糧草斷絕，酒乾燭滅，只剩下我這孤家寡人……

△項羽沮喪痛苦，搖搖晃晃跪在地上。

△燈光暗下去。

△幕後傳來蒼涼的楚歌聲：蘆葦蒼蒼兮明月光光，秋風淒涼兮白露為霜。父母妻子在何方，征夫思故鄉……

【項　羽】（側耳聽楚歌，驚慌地）難道漢軍把我們楚地都占領了嗎？有這麼多楚人在歌唱？

【侍　衛】大王，這是漢軍在唱。

△楚歌聲又起。

【項　羽】這一定是張良那個奸人替劉邦出的主意。他要讓這淒涼的楚歌動搖我的軍心。

【侍衛】（被楚歌打動）大王……

【項羽】我還有多少人馬？

【侍衛】大王，逃走了很多，大約只有八百騎了。

【項羽】包圍我的漢軍有多少？

【侍衛】大王，有三十萬。

【項羽】派去尋找夫人的人有沒有消息？

【侍衛】大王，沒有消息。

【項羽】（暴怒）再派人去！

【侍衛】大王，漢軍已把我們重重包圍……據將校們傳言，韓信早已攻破彭城，夫人她——只怕早已落入了劉邦手裡……

【項羽】（從帳壁上拔出劍來）胡說！

【侍衛】大王……

【項羽】（猛然把劍插在地上，低垂下頭顱，楚歌聲起，他緩緩抬起頭來，眼睛裡閃爍著淚花）虞呵，虞，你在哪裡？（緩緩站起來）莫怪士兵們乘夜潛逃，連我聽了這悲涼的楚歌，也不由地黯然神傷。八年前，八千子弟跟隨我西渡長江，那時候，爺娘送兒子，妻子送情郎。你們都想跟著我建功立業，封妻蔭子，卻想不到落了個如此下場。兄弟們啊，我項籍對不起你們；蒼天啊，你欺負我項籍；月亮啊，你沉默不語，虞啊虞，你生死未卜……是我項籍辜負了你，是我這莽漢傷了你的心。月亮啊，在你的輝光下我們玩耍遊戲，在你的撫摸下我們結成夫妻，在你的注視下我們傷情別離，在你的幫助下我們能不能破鏡重圓？月亮，月亮，你這千古的媒妁，能不能告訴我，我的虞在哪裡？月老啊月老，你能不能拋下萬丈的紅線，引來我寶愛的新娘？虞啊，我從來沒有像今夜這樣思念你，我從來沒有像現在這樣需要你。我多麼想把我沉重的頭顱伏在你光滑的膝蓋上歇息片刻，我多麼想讓你柔軟的小手撫摸我的頸項，像從前那樣，像慈愛的母親撫摸頑皮的兒子那樣……

【侍衛】（哭泣）大王啊……我們的大王……

△　幕後高呼：夫人到——

【項　羽】（驚喜交加）是我的虞來了嗎？（拭淚，如頑童般雀躍）是我的虞你來了嗎？虞——

△　呂雉著一襲白色長裙，面罩輕薄白紗，款款而上。

【項　羽】（大喜過望，撲上去，將呂雉抱起，轉圈）虞，我的虞，我的心肝，我的至寶，你終於來了！（胡亂地吻著呂雉的頭、臉、脖子，呂雉一聲不響）虞，我是不是做夢？（放下呂雉）你是怎麼來的？是月亮讓你來的嗎？

【呂　雉】是漢王讓我來的。

【項　羽】（恍惚，驚愕）你……你是誰？

【呂　雉】大王難道不認識我了嗎？不是大王你把我作為人質在楚營裡羈押了三年嗎？不是大王你把我作為籌碼與漢王簽訂了鴻溝和約，才把我……趕回漢營的嗎？

【項　羽】（清醒，惱恨）你這個……

【呂　雉】蕩婦？賤人？

【項　羽】（陰沉地）劉邦派你來幹什麼?!是讓你來做勸降的說客嗎？（拔劍將几揮成兩半）你，你們打錯了主意。別說我營中還有八百兵馬，就是我項羽孤身一人，也要讓漢軍堆屍如山，血流成河！

【呂　雉】（微笑）對著一個柔弱的婦人發怒，不是大王您的本色。

【項　羽】（餘怒未消）你想說什麼？

【呂　雉】（看一眼侍衛）有肺腑之言想對大王傾吐。

【項　羽】（對侍衛）退下。

△　侍衛下。

【項　羽】難道我還怕你行刺?!

【呂　雉】（微笑）大王力敵千軍，別說我呂雉一個婦人，即便是十員勇將，也近不了……大王您……青春的身體……（挑逗地直視項羽）

【項　羽】（避開她的目光，撿起酒器，倒酒，無，擲器於地，煩惱地）有話快說。

【呂　雉】（嘆息）想不到英名蓋世的西楚霸王，帳中竟然沒有止渴的酒漿——

【項　羽】（煩躁地）快說！

【呂　雉】（挑逗地）在這明月朗朗的溫柔之夜，年輕壯美的男人身邊，竟然沒有多情的嬌娘——

【項　羽】（暴怒）你要逼我將手中的寶劍砍在你的身上?!

【呂　雉】（大笑後，正色）大王息怒！你想不想知道漢王現在在幹什麼？

【項　羽】你休要提起他的名字，對這背信棄義的小人，我恨不得將他剁成肉醬！

【呂　雉】（冷笑）不，你想知道，我也必須讓你知道。（趨前兩步，目光炯炯，逼視項羽）在這圍外的安全地方，紮起了漢王高大的軍帳，帳中鋪敷了厚厚的毛毯，一盆炭火燒得很旺。漢王享用著羊羔美酒，有一個絕代佳人在他身旁，他二人交杯換盞眉目傳情，今夜就要共枕同床——

【項　羽】（厭煩地）住嘴吧，婦人，我不想聽那劉邦的流氓行狀。

【呂　雉】漢王他喜好醇酒美人，見一個愛一個習以為常，但這次的歡愛非同以往，說出來只怕大王要怒火萬丈——

【項　羽】（厭煩，警覺）你這巧舌如簧的婦人，到底要耍什麼花樣？

【呂　雉】我的大王，我的……傻大王啊！你難道還沒聽出我的弦外之音？那美人就是你的虞姬娘娘！

【項　羽】（如雷貫耳，目眩狀，片刻，覺悟，仰天大笑）你以為我項籍是三歲小兒嗎？給你出這毒計的是陳平還是張良？你們用楚歌動搖了我的軍心，又妄想用這樣的謊言來瓦解我的鬥志。我的虞她遠在彭城，怎能到了那劉邦的軍帳?!滾吧，你這心如蛇蠍的女人！

【呂　雉】大王難道不知，韓信已於半月前攻破了彭城？

【項　羽】即使韓信攻破了彭城，我的虞她寧願殺身成節，也不會奴顏婢膝去服侍劉邦。

【呂　雉】（從懷中取出一塊玉佩，遞給項羽）大王想必認識這塊美玉？

【項　羽】（震驚）這是我和虞的定情之物，怎能到了你的手邊？

【呂　雉】（冷笑）我當然知道這是你們的定情之物，我更知道你為思念她對著月亮發狂。但是，我的傻大王，當你在這裡想斷肝腸時，她已經把這美玉獻給了漢王。

【項　羽】（暴怒）毒辣的婦人！無恥的劉邦！一定是你們殺害了我的虞姬，搶走了她的美玉。（拔劍）劉邦逆子，你害了我的虞，我也要讓你的呂雉碎屍萬段！

【呂　雉】（大膽地迎上去，雙目如電，逼視項羽）大王，能死在你的劍下，呂雉將含笑九泉，漢王也會拍手稱快。

【項　羽】（將劍回抽）唔？

【呂　雉】你知道漢王為什麼派我來？

【項　羽】（冷笑）勸降！

【呂　雉】那麼你知道我為什麼要來？

【項　羽】（看看手中的玉佩）造謠，撒謊！

【呂　雉】我的傻大王啊，你不了解劉邦。你只知道劉邦對敵人奸詐狡猾，反覆無常，但你不知道他毫無人性，對妻子兒女也是肆意損傷。他的心中只有帝位和他自己，為了那頂王冠，他可以出賣親爹親娘。三年前他在彭城輕車出逃，兩次把我那兩個嬌兒從車上推下……他身邊有成群的女人，我們的夫妻關係早已名存實亡。他這次派我來，明著是讓我勸降，實則是想借大王的手，取我的性命，為扶正他的寵姬掃清障礙。

【項　羽】（冷笑）那你為什麼要來？

【呂　雉】（怨恨地）大王，你不了解我……我這顆女人的心……我雖然貴為漢王正室，但心中存著一個幻想。大王啊，楚漢爭鬥，血流成河，屍橫遍野，為了什麼？就為了你們二人爭一個帝位？大王啊，你是用情專一的美男子，天下的女人都把你嚮往。我呂雉雖然得不到你的身體，但死在你的劍下，也不枉了為女人一場，我的傻大王……你難道看不出嗎？我是為了愛你而來，我要你捨棄這虛幻的王位，帶著我遠避他鄉，去過一種男耕女織的田園生活。我願把這乾渴的身體獻給大王，我願把顆滾燙的心化在你的身上。

【項　羽】（大笑）你編造了一篇多麼動聽的謊言！我有我的誓同生死的虞，怎會攜上仇人的妻子——你這半老的女人私奔，荒唐！

【呂　雉】（尖利地，羞惱地）我雖然比不上你的虞年輕貌美，但她死之後，這普天之下，也只有我才配做你的新娘。

【項　羽】（驚愕）你說什麼？你說我的虞死了?!

【呂　雉】（故作掩飾狀）沒有，我沒說……

【項　羽】你這賤人！快說，我的虞到底在哪裡？

【呂　雉】（故作掩飾狀）她……她在漢王的軍帳……

【項　羽】（左手抓住呂雉的背，右手將劍橫在呂雉頸前）她在哪裡?!

【呂　雉】（故作悲傷）我那可憐的妹妹，傾國傾城的美人，她……她已經自縊身亡……

【項　羽】（痛極，手中寶劍落地，身體一軟，跪在地上）虞……

【呂　雉】（試試探探地伸出手，撫摸著項羽的頭。溫柔動情地）大王……阿籍……子羽……你這可憐的孩子……人死不能復生，紅顏終究薄命，就讓姊姊的手，代替妹妹的手，撫去你臉上的淚痕，就讓我的胸膛，代替她的胸膛，溫暖你的心房……

△幕後傳呼：夫人到——

△虞姬身著一襲紅裙，宛如一團移動的火焰，踉踉蹌蹌地上。

△項羽猛地推開呂雉，怔住。

△呂雉大驚失色。

【虞　姬】（不相信眼前情景，痛苦萬端地）你——

第二節　夜奔

△傷感的琴聲中，燈光漸暗。天幕上那輪圓月吐放清輝，照耀著那座古老的橋梁。

△馬蹄聲起，鋼琴聲止。

△虞姬做乘馬舞蹈狀上。

△戰馬嘶鳴，虞姬做被戰馬掀下狀。

【虞　姬】（站起來，痛苦地）馬兒，馬兒，為什麼要揚起前蹄，把我掀下鞍橋？難道我的痛苦還不夠深重嗎，你也要來雪上加霜？難道你不是我從江東騎來的駿馬？難道你不思念故鄉？難道你與那負心的人兒一樣，迷戀在燈紅酒綠的秦宮裡不能自拔？難道你也是喜新厭舊的輕薄兒，有了新衣衫，便扔掉舊衣裳？（走上古橋，舉頭望月）月亮啊月亮，你是我們倆愛情的見證，想當年我倆在你的光輝下雙雙起誓，生要同衾，死要同穴。他發誓的聲音還在我的耳邊迴響，可他的心已經獻給了那些妖姬淫娃。月亮啊月亮，秦地的一切都是這麼陌生，只有你是我江東的故舊，我只有對著你傾訴衷腸。我該怎麼辦？難道就這樣離他而去，讓我們三年的恩愛付之流水？你這個冤家，我是這樣的恨你，可又是這樣的割捨不了你，月亮，你救救我這進退兩難的女子吧……

△ 馬蹄聲起，項羽持馬鞭上。幕後群馬嘶鳴，表示項羽是帶著若干侍從追來。

【項　羽】（嘲諷地）夫人，你是出來賞月呢還是練習騎術？

【虞　姬】（反唇相譏）這是誰？身披著錦繡的龍袍，頭戴著黃金的冠冕，侍從如雲，妻妾成群，該不是死而復生的秦始皇吧?!

【項　羽】夫人！

【虞　姬】（嘲諷）可這人一張口，又是滿嘴的江東口音，聽來很像那個避禍江東，為人家看家護院，放牧牛羊的阿籍。

【項　羽】（怒）夫人！

【虞　姬】誰是你的夫人？我的丈夫已經淹死在秦宮的胭脂水裡，我是一個守寡的民女。

【項　羽】虞，你太任性了，你太不給我臉面了。你深夜私奔，成何體統？你讓我堂堂聯軍統帥如何見人？

【虞　姬】我說了，我與你素不相識，更不是你的夫人。我是明逃還是私奔與你無關！我是死是活，與你何干?!

【項　羽】（軟下來）虞，別耍小孩子脾氣了，跟我回去吧。（上前拉虞的手）

【虞　姬】（甩開項羽的手）別碰我，別讓你那隻摸遍了秦宮女人的髒手，沾汙了我的肌膚。

【項　羽】（惱怒地）虞，你不要聽信那些流言蜚語。

【虞　姬】難道你沒坐過秦始皇的龍椅？
【項　羽】坐過，我不但坐過他的龍椅，還躺過他的龍床。
【虞　姬】（冷笑）聽說你還臨幸了秦宮的三千美女？
【項　羽】我讓她們躺在地上，踩著她們的肚皮走了一趟。
【虞　姬】（嘲諷地）大王果然是蓋世英雄！
【項　羽】十幾年前，秦始皇遊會稽時，我就說過「彼可取而代之」，我終於實現了自己的理想。
【虞　姬】這麼說，你要留在這裡稱帝了？
【項　羽】這是亞父的強烈願望。
【虞　姬】你真的要成為第二個秦始皇？
【項　羽】這是大事，我正要與你商量。
【虞　姬】跟我商量？龍椅你坐了，龍床你躺了，龍女你踩了，你還跟我商量什麼？至高無上的皇上，什麼時候舉行登基大典呀？
【項　羽】虞啊，你能不能好好跟我說話？能不能讓你的話語中少些鋒芒？我記得從前你可不是這樣。推翻了暴秦大家都欣喜若狂，唯獨你還對我嘲諷誹謗。

【虞　姬】我本是江東一粗俗民女，比不上你那些新寵優雅溫良。

【項　羽】你到底受到了什麼委屈？你究竟要我對你怎樣？我推翻了暴秦你不高興，難道我戰死沙場你才舒暢？就算我代秦當了皇帝，難道你不是皇后娘娘？

【虞　姬】我不稀罕什麼皇后娘娘，我要回江東養蠶採桑。

【項　羽】虞，別鬧了，快快上馬跟我回城，是走是留咱慢慢商量。你難道還要我給你下跪？

【虞　姬】這樣的大禮我可不敢擔當。

【項　羽】（做跪狀）我可要跪下了。

【虞　姬】你跪呀。

【項　羽】（憨厚地）回去再跪吧，當著侍衛們的面下跪，我丟了面子，你臉上也無光。

【虞　姬】我早就知道你是虛情假意。

【項　羽】虞，我要對你虛情假意，就讓天打雷劈了我。

【虞　姬】哪個要你發誓？

【項　羽】行了，消氣了吧？聽話，跟我回去，你看，月亮都偏西了。

【虞　姬】阿籍，你不知道我心裡是多麼厭惡這秦都咸陽，你不知道我是多麼的恐怖這秦宮的森嚴氣象。我夜夜做噩夢，夢中聞鬼哭，醒來後冷汗浸透了衣裳。子羽，求求你，帶我回江東吧——

△　范增上。

【項　羽】（恭敬地）亞父。

【范　增】大王。娘娘。老臣有禮了。

【項　羽】是誰如此嘴快，深更半夜驚動了您？

【范　增】（譏諷地）大王月下追娘娘，這千古未見的奇景，老臣怎能不觀賞？

【虞　姬】（生氣地）有話直說，何必繞著圈兒罵人?!

【范　增】（拱手道）娘娘言重了，范增沒有這份膽量。

【虞姬】（生氣地）哼！

【項羽】（不快地）這是我的家務事，亞父何必操心。

【范增】（正色道）帝王沒有家務事。大王，容老臣斗膽進言，為人君者，一言一行，干係國家社稷；為皇后者，一顰一笑，影響社會風尚。娘娘鬥氣使性，月夜私奔，有失體統；大王月下追趕，兒女情長，有損尊嚴。方今天下初定，大王登基在即，竟然發生這等荒唐事，實令老臣失望！

【虞姬】我根本不想做這見鬼的皇后！

【范增】（寸步不讓）國母尊位，有德者當之。

【虞姬】聽亞父的意思，我是無德之人了？

【范增】老臣不敢非議娘娘。

【項羽】難道我們非要在這充滿屍臭的地方定都稱帝？

【范增】（下跪）這是上天賦予大王的職責，也是令叔上柱國項梁公生前的期望。

【項羽】滅了暴秦，雪了國恨，報了家仇，我想我的任務就完成了。

【范增】（以額撞地，淒厲地）大王啊！這是上天的旨意啊，您怎麼還在猶豫彷徨?!咸陽坐鎮關中，四圍群山拱衛，層巒疊嶂，八川分流，渭河蕩蕩，氣候宜人，沃野千里，這可是難得的風水寶地，天下英雄，莫不垂涎三尺。大王啊，機不可失，時不再來，痛下決心，及早登基吧！

【虞　姬】（冷笑）亞父，我一直將你視為忠厚長者，想不到你竟是巧舌如簧。這裡氣候乾燥，土地荒涼，怎比我江東魚米鄉？這裡沒有柳煙桃霞，鶯歌燕舞；這裡沒有小橋流水，吳儂軟語。說什麼咸陽山河四塞，層巒疊嶂，不也沒擋住大王和劉邦的兵馬麼！子羽，你只顧自己稱帝，忍心讓跟你浴血奮戰的八千子弟揮淚東望？你只顧一人燈紅酒綠，忍心讓那些弱妻稚子哭斷柔腸？子羽，我的親人，我們回去吧，回去吧……

【范　增】（磕頭不止）大王啊，不要被妖言迷惑了神志，女人是禍水。商紂的悲劇切記莫忘！

【項　羽】（不耐煩地）亞父，你起來。

【范　增】（磕頭見血，痛切地）大王啊，請聽老臣的忠言！

【項　羽】（怒）起來！

【范　增】（站起來）不要為一個女人，毀了千古帝業，女人，不過是一件衣裳。
【項　羽】亞父，你過分了！
【范　增】老臣該死！
【項　羽】虞的話也有她的道理。我不能為一人富貴讓八千子弟骨肉分離。再說，我的確也不喜歡這被厚厚的黃土覆蓋著的地方。秦宮雖好，不是我的家，鳳凰不會棲在烏鴉的巢穴。
【虞　姬】（撲進項羽懷抱）子羽，我的親人，你的覺悟，讓為妻心花怒放。
【范　增】（拔劍躍起，向虞姬撲去）妖姬！你壞了大事！
【項　羽】（疾速拔劍，將范增的劍打落在地，暴怒地）范增，你竟敢如此倡狂！
【范　增】（跪地，絕望地捶胸慟哭）怪不得人家說「楚人沐猴而冠」！
【項　羽】你敢罵我？
【范　增】老臣求死！
【項　羽】看你這滿頭白髮，我原諒你。
【范　增】（仰天長嘆）可惜這巍峨的宮殿，不知何人入主?!

【項　羽】我一把火燒了它！

【范　增】可惜這大好的河山，不知何人稱帝。

【項　羽】我裂土封王，大家有福同享！

【范　增】我已經看到劉邦戴上了皇冠！

【項　羽】（大笑）劉邦？我要殺他如同探囊取物。

【范　增】（大哭）項梁公啊，我辜負了你的期望。

【項　羽】倔老爺子，別哭了，難道你這滿口鬆動的牙齒，還能咬動秦地的鍋盔？回咱們江東喝糯米粥吧。

△　項羽虞姬相擁下。

△　范增隨後下。

第三節　唇戰

△　一間破敗的陋室，窗戶欞兒類似監牢的鐵窗，室內擺著一几一床。

△　明月光輝，照耀著坐在窗前的呂雉，牆上懸掛一面銅鏡，她對鏡自賞，發出一聲嘆息。

【呂　雉】時光如箭啊，歲月無情，青春將逝，美人遲暮。劉邦啊劉邦，今夜你宿在何處？誰家的女兒躺在你的枕邊，做你的一夜新娘？

△　虞姬披一件錦繡披風，與一侍衛上。她將披風抖下，侍衛接住，她一人走近室內，侍衛退下。她凝眸注視著銅鏡前的呂雉。

【呂　雉】（目光仍然注視著銅鏡，冷冷地）如果我沒有猜錯的話，身後佇立者，就是名滿天下的虞美人了。

【虞　姬】（稍感慌亂）呂夫人過獎。

【呂　雉】（嘲諷嫉妒地）怪不得霸王對夫人百依百順，如此豔色，別說男人了，連我這半老的女人，也為之怦然心動。

【虞　姬】（惶惶然）夫人言過其實。

【呂　雉】（嘲諷）聽說夫人閨房專寵，與霸王如影隨形，如此良辰美景，為何一人獨行？不會是霸王另有新歡了吧？

【虞　姬】（羞惱地）夫人何必唇槍舌劍，冷嘲熱諷？我來看你，原本是一片好意，你何必步步緊逼？

【呂　雉】（冷笑）一片好意？我實在猜不出你的好意是什麼，是吃飽的貓兒，戲耍老鼠的好意嗎？

【虞　姬】（惱怒地）怪不得人說呂雉心狠嘴毒，果然是個老辣角色。

【呂　雉】（大笑）論青春美貌，雉不如虞；但要比處世經驗麼，你還是個雛兒。你不願說，那就讓我猜猜你的來意吧！

【虞　姬】你不要太自信了，夫人。

【呂　雉】（冷笑）女人經多了男人，就像男人見多了女人一樣，雖不敢說料事如神，但也是洞若觀火——你來看我，是因為項羽率軍去追趕漢王，明月皎皎照空床，夫人耐不住閨房寂寞，便前來戲耍於我，聊以解憂？

【虞　姬】（冷笑道）按夫人的邏輯推論，那天下最有見識的當是青樓女子和花街少年了?!

【呂　雉】你說得未嘗不對。青樓女子重實利；花街少年知享樂。打天下時重實利；打下天下知享樂。這正是古今帝王之道啊！

【虞　姬】（大笑）物以類聚，有其夫必有其婦。

【呂　雉】（大笑）人以群分，有其婦必有其大！

【虞　姬】早就聽說呂夫人放浪不羈，心黑手毒，勝過男兒，今日一見，果然是名不虛傳！

【呂　雉】虞夫人的名字也是如雷貫耳，今日得見，果然是小家碧玉，天生尤物。

【虞　姬】你對我言多譏刺，難道不怕我讓人將你凌遲處死？

【呂　雉】那樣你就不是虞姬，我也不會用這樣的態度待你！

【虞　姬】如果我現在就下令讓人將你拉出去呢？

△呂雉微笑不語。

【虞　姬】來人！

△侍衛急上：夫人有何吩咐？

【呂　雉】你家主母讓你把我拉出去殺了！你可敢動手?!

【侍　衛】（猶豫地看著虞姬）夫人……

【虞　姬】沒事了，你退下去吧！

【呂　雉】（大笑）我早就知道你是菩薩心腸，不會妄殺階下之囚。漢王和項王曾經結為兄弟，你我何不姊妹相稱？今日一見，我還真有點愛上了你。

【虞　姬】你不配。

【呂　雉】我不配嗎？幾年之後，我也許就是大漢朝的開國皇后哩。

【虞　姬】（大笑）你那丈夫，正被我的丈夫追趕得像喪家的野狗！

【呂　雉】勝敗乃兵家常事。

△侍衛提一食匣奔上，跪報：夫人！大王追殺漢軍至睢水，漢軍死傷十萬，屍體堵塞了河水！

【虞　姬】大王呢？

【侍　衛】大王正率隊追擊劉邦！

【虞　姬】知道了。

【侍　衛】大王讓傳令兵帶來了一隻睢水鎮脫骨燒雞和一瓶睢水大麯，請夫人享用。

【虞　姬】讓來人回報大王，速速回兵，就說我正在盼他回來。

△ 侍衛把食匣獻上，弓身退下。

△ 虞姬打開食匣拿出兩個酒杯，往杯中倒了酒，說：呂夫人，來呀，乾一杯，慶賀我的夫君的勝利！

【呂　雉】你夫君的勝利就是我夫君的失敗，呂雉不賢，也不會乾這杯酒！

【虞　姬】那就為了我們夫妻恩愛乾一杯！

【呂　雉】我對天下的恩愛夫妻滿懷著妒嫉，這杯酒我不乾！

【虞　姬】那就為我們今晚的相識乾一杯。

【呂　雉】為了兩個截然不同的女人的相識乾杯！

△ 兩人端起杯相碰，一飲而盡。

【虞　姬】好酒！這酒喝到口裡，甜到心裡，因為這是我夫從百里之外送來的一片愛意！

【呂　雉】可惜路途遙遠，這酒已經酸了！

【虞　姬】酒沒酸，是你的心先酸了。

【呂　雉】只有目光短淺的小女人才會以酸當甜！

【虞　姬】只有心懷妒嫉的女人才會以甜當酸。

【呂　雉】酸做甜，甜當酸，甜中本來就有酸，酸中原本就有甜，酸酸酸，甜甜甜，酸酸甜甜，甜甜酸酸，這杯酒的滋味可是不一般吶！

△　呂雉大笑不止，虞姬很是被動。

【虞　姬】我的夫君於百里之外，戰陣之中，還不忘記給我飛馬傳送美酒佳餚，這酒，即便是真酸了，喝到我的嘴裡也是甜的！夫人，漢王可曾這樣對待過你？

【呂　雉】漢王想的是天下大事，從不把這些小恩小惠的事放到心上！

【虞　姬】你認為夫妻恩愛是件小事？
【呂　雉】與帝王之業相比，一切都是小事！
△侍衛飛奔來報：報夫人！大王送來一匹錦緞，讓夫人披在身上擋擋寒氣。
【虞　姬】大王在何方？
【侍　衛】大王已經渡過睢水，正在追趕漢王。
【虞　姬】告訴來人，讓大王速速回程，就說我在這裡翹首相望！
△侍衛退下。虞姬展開大紅錦緞，披在身上，在鏡前打量著自己的身影。
△呂雉坐在案前，自己往杯中倒了一杯酒，一飲而盡，然後又倒了一杯。
【虞　姬】夫人，您雖然自命不凡，但並沒有猜到我今晚的來意。我並不想像貓兒

戲鼠一樣戲耍於你，我發現，如果我是貓，你就是一匹狼！我來看你，是想放你回去，勸說你那劉邦，讓他退回漢中，安分守己，好好做他的漢中王，不要因為他一個人的野心，搞得天下不得安寧。

【呂雉】（倒酒入杯，自飲）妹妹，如果我是你，我就要讓我的丈夫窮追不捨，把敵人一網打盡，奠定帝王基業，永享富貴，而不是用兒女情長牽他的後腿！

【虞姬】你那劉邦，奸詐刁滑，背信棄義，重色輕友，混帳賴皮，這樣的人，怎麼能當皇帝？

【呂雉】（冷笑）唯其如此，他才能當上皇帝。你那項羽，倒是忠厚仁義，謙恭有禮，心地坦蕩，英勇無比，但他充其量是個奇男子，離皇帝的寶座，還差相當的距離，更何況，他娶了你這樣一個妻子——幾年前他本可以定都咸陽，君臨天下，但可惜錯失了這天賜良機。我想，項羽捨棄關中，定都彭城，多少也是聽了妹妹的主意吧？

【虞姬】（深受震動，語塞片刻）即便劉邦當了皇帝，即便您做了皇后，可我聽人說，劉邦帳中早有了戚夫人、八夫人，一群夫人，他與你只有夫妻之名而無夫妻之實，做這樣的皇后還有什麼意思？

【呂　雉】（被勾動心事，但外強中乾地）小女子才追求男歡女愛，大女人要的是流芳百世！

【虞　姬】既然想流芳百世，為什麼還要私通審食其？

【呂　雉】這難道也值得你驚奇？妹妹，人最大的弱點是不徹底。難道有朝一日漢王得了天下，霸王一敗塗地，妹妹心中就平靜如水？

【虞　姬】那我們就去做一對男耕女織的恩愛夫妻。

【呂　雉】（冷笑）你懂不懂箭在弦上，不得不發？你懂不懂騎虎背上，身不由己？不過，如果那時你淪為我的階下囚，我也許會讓漢王把你封為貴妃。

【虞　姬】你不怕我讓霸王殺了你？

【呂　雉】霸王心慈手軟，這就是他的悲劇所在。

【虞　姬】你等著吧，也許明天早晨，你就會看到劉邦的首級。

【呂　雉】漢王雖然一時難抵霸王的勇力，但他的帳下，收納了天下的英才奇士，羽翼已成，他必將取得最終勝利。我的美貌的妹妹，你就準備與姊姊共事漢王，同享富貴吧！到那時，我要將那戚夫人剁成人彘，對你麼，自然是優待有禮——因為，如果項羽帳中的美人是我而不是你，那任憑劉邦有天大的本事，也當不了一統天下的皇帝，從某種意義上說，你是未來的大漢國的第一功臣。你是男人床上的尤物，也是禍國的妖精！

【虞　姬】（大怒）呸！你這無恥的淫婦！

【呂　雉】當然，如果項羽活著，我更願意讓他代替審食其。皇后的尊位我要，男人的肉體我也絕不放棄。

△　虞姬大怒，將身上的紅色錦緞扔到呂雉頭上，然後怒沖沖地坐在几旁。

△　呂雉身披錦緞站起來，走到鏡前打量著自己。

△　虞姬倒酒自飲。

【呂　雉】（已有醉意，對鏡嘆息）嗨！時光如夢，人生易老，一轉眼間，我已是三十八歲，這鮮豔的紅綢，更顯出了我容顏的憔悴。妹妹，你也許不知道，想當年，姊姊也是沛縣城裡有名的美人！我與那劉邦，也曾像你與霸王一樣，卿卿我我，片刻也不能分離……但魚與熊掌不可兼得，想做帝王后，就要割捨兒女情！青春易逝，帝業永存！

【虞　姬】（自斟自酌）聽你的意思，是我毀了項王的千秋基業？

【呂　雉】你也不必過分自責。項王畢竟從你身上嘗到了千種溫存，萬般風流，你畢竟是天下第一美人麼！但你要知道，男人的身體裡天生就流淌著爭強好勝的血，當有一天，他從你的懷裡醒來看到大好江山已經有主，他就會恨你！他甚至會親手殺你！如果我是男人，我也會親手殺了你！

【虞　姬】（猛地乾了一杯酒，神經質地大叫著）你們不會得逞的！

△侍衛飛跑進來，跪道：報夫人，大王追趕劉邦，劉邦為了輕車速逃，三次將親生兒女推到車下……

【呂　雉】（動容）我的盈兒啊！

【虞　姬】後來呢？

【侍衛】大王說，他看到那一雙小兒女哭得實在可憐，就放了他們。

【虞姬】大王呢？

【侍衛】大王掛念夫人，正在飛馬回奔。

【虞姬】速去告訴大王，讓他勿以我為念，一定要把劉邦捉住，碎屍萬段，以絕後患！

【呂雉】妹妹，晚了！你那項王騎的是千里馬，我那漢王坐的是追風車，南轅北轍，追不上了！

【虞姬】（挑戰地）不知夫人聽到劉邦的禽獸之行時有何感想？

【呂雉】為我的漢王感到驕傲，為了至高無上的帝位，連親生兒女也能捨棄！

【虞姬】（步步緊逼）那你為什麼還要痛呼盈兒？

【呂雉】（坦率地）我畢竟也是一個女人。就像你也是一個想讓項羽當皇帝的女人一樣。你不是讓侍衛傳令項王把劉邦碎屍萬段嗎？

【呂雉】（與虞姬對面而坐，為自己倒了一杯酒，又為虞姬倒了一杯酒）妹妹，我身上有你，你身上也有我，我們是難姊難妹！

【虞　姬】（端起酒杯）乾杯！

【呂　雉】為了什麼？

【虞　姬】（沉思片刻，猛地將杯中酒潑到呂雉臉上）為了你讓我清醒！

【呂　雉】（也把酒潑到虞姬臉上）為了你讓我糊塗！

第四節　范增

△　明月高掛，照耀古橋。

△　白髮蒼蒼、老態龍鍾的范增踉踉蹌蹌地上。

【范　增】（悲憤交加，仰天長呼）豎子不足與謀！豎子不足與謀!!豎子不足與謀!!!（劇烈咳嗽，吐血數口）蒼天啊，明月啊。大楚國列祖列宗，項梁公在天之靈，你們都看到了吧？你們都看到了呀！我范增無能啊，竟然說不動那愚蠢固執的後生。我空受了楚國祖宗的恩澤，我辜負了江東的百姓，我沒完成項梁公的囑託，我無顏偷度餘生。多少次功虧一簣，多少次功敗垂成。眼見著大好的河山就要姓劉，大楚國啊，你選錯了傳人！天意難違啊，就讓我死在這滔滔的河水中吧，我再也無法忍受這刻骨的創痛！

△ 范增掀起衣襟蒙住頭，欲從橋上跳水自殺。

△ 馬蹄聲疾，虞姬騎馬急上。

【虞　姬】（高呼）亞父！

【范　增】（放下衣襟，冷冷地）是你?!

【虞　姬】（急切地）亞父，速速跟我回去！

【范　增】（仰天長笑）回去？回去？老夫是要回去了！

△ 范增縱身欲跳河，被虞姬扯住袍袖。

【范　增】（悲憤地）尊貴的娘娘，為何要擋住老夫的求死之路？死了我，你們耳邊何等的清靜！快回去陪大王與劉邦講和吧，從此後你們便可永享太平！

【虞　姬】亞父，項王需要你！

【范　增】（冷笑）天下大事已定，大王果斷英明。老夫耳聾眼花，已經老糊塗了，何必留在這裡礙手礙腳討人嫌呢？老夫知趣而退，謝謝娘娘的一片真情。

【虞　姬】（深情地）亞父，我知道您受了委屈，所以星夜趕來。亞父，您是看著我們長大的，待我們如同親生。沒有您的輔佐哪有我們的今天？您的恩德比山還重。項王雖能力敵萬人，但骨子裡卻是一副頑童脾性，小女子也是少年幼稚，做了很多糊塗事情。還請亞父大人海量，我替項王向您賠罪鞠躬。

【范　增】（搖頭）江山易改，難改本性。多少往事歷歷在目，多少憤懣鬱結在胸。三年前我設下鴻門大宴，欲殺那劉邦賊以絕後患。可大王他心慈手軟優柔寡斷，竟讓那劉邦死裡逃生。氣得我砍破了雙玉斗，大王他佯裝糊塗不問不聽。後來我勸他定都咸陽，鎮關中阻四塞天下一統，誰知他兒女情長英雄氣短，寡謀少慮目光短淺，燒阿房、掘秦陵回師彭城，千古難逢的良機錯失，想起來老夫不由地頓足捶胸！

【虞　姬】（羞慚地）亞父，這是小女子的大錯，我是大楚國的罪魁元兇。只可惜大錯鑄成百死莫贖——

【范　增】這一次救彭城大獲全勝，追劉邦至滎陽兵勇將猛，大王他切斷了劉邦糧道，眾漢軍饑寒交迫困守孤城。賊劉邦竟提出楚漢議和，糊塗的大王滿口答應。你們也不想一想，打成了這大好局面，犧牲了我們多少江東子弟？此時講和豈不是前功盡棄？讓煮熟的鴨子再次飛走，怎能對得起戰死的弟兄？怎能對得起江東的孤兒寡母？怎能對得起後方啼飢號寒的百姓？任老夫說得唇敝舌焦，大王他偏要一意孤行。大楚國的子孫們哪，老夫不忍心看到你們面臨的悲慘結局，就讓我先死了吧，也落個眼不見，心安靜！（范增跪在地上，號啕著）大楚國的列祖列宗啊！你們看到了嗎？

【虞　姬】（獨白）亞父一席話讓我內心震動，又想起與呂雉的唇舌交鋒。看起來我真是個任情使性的小女人，損害了滅秦復楚的大業，耽誤了項王的遠大前程。從今後我要洗心革面，顧全大局，犧牲兒女感情。與他的帝業相比，我的愛情比鴻毛還輕。（轉向范增，下跪）亞父，小女子這一次是知錯必改，我願協助您勸說大王回心轉意，鼓舞他的鬥志，厲兵秣馬，一鼓作氣，攻下滎陽孤城，使滅秦復楚的大業早成功！

【范　增】（惶恐爬起）娘娘請起，如此大禮，豈不折煞老夫！

【虞　姬】亞父答應跟我回去嗎？

【范　增】（猶豫地）這……

【虞　姬】您不答應，我就長跪不起了。

【范　增】（惶恐爬起）娘娘如此隆恩，范增雖肝腦塗地，無以為報！

△馬蹄聲中，項羽上

【項　羽】（冷冷地）我還以為是一對青年男女在拜月定情呢，原來是我的夫人和一個白髮老兒。

【虞　姬】（惱怒地）大王！

【范　增】大王，君王中無戲言！

【項　羽】范增，原來你還在這裡磨磨蹭蹭，我還以為你返回江東了呢！

【范　增】大王，是娘娘苦苦將我挽留。
【項　羽】天要降雨，娘要嫁人，要走就走，何必挽留?!
【虞　姬】大王，我為你留住一個江山社稷！
【項　羽】什麼時候，你也學會了這套陳詞濫調，是范增教會你的嗎？
【范　增】大王啊，老臣斗膽冒死再諫，絕不能和那劉邦簽訂和約！
【項　羽】到底我是大王，還是你是大王？
【范　增】大王，忠言逆耳利於行，良藥苦口利於病。方今劉邦已困守孤城，兵疲糧絕，正可一鼓而殲之。簽訂和約，無疑是重演那鴻門故事，放虎歸山，遺禍無窮啊！
【虞　姬】大王，請聽亞父諍言，速速調兵遣將，攻下滎陽，斬殺劉邦，一統天下，成就帝業。
【項　羽】真是六月的天，女人的臉，說變就變，你怎麼突然也對這帝業感起興趣來了呢？如果想當皇后，那咸陽城中何必私奔？
【虞　姬】那正是妾身犯下的千古大錯。

【項　羽】我打夠了，打煩了。
【范　增】不殲滅劉邦，大王怎能一勞永逸？
【項　羽】劉邦不過是個無賴潑皮。這次他用五十六萬大軍攻陷彭城，我只用三萬人馬就打得他丟妻拋子，狼狽逃竄。留著他吧，權當我身上養了一隻臭蟲。
【虞　姬】大王，那劉邦是人中梟雄，絕不能再讓他休養生息。
【項　羽】虞啊，你不要為范增幫腔作勢，這裡邊隱藏著陰謀詭計。
【范　增】大王，您的話老臣愈聽愈糊塗。
【項　羽】（冷笑）你是倚老賣老裝糊塗，其實你的心裡好似明鏡。
【虞　姬】大王，我懇求你請亞父回去。沒有他的襄助，我們只怕死無葬身之地！
【項　羽】虞啊，你受了他的蒙蔽。
【范　增】（長嘆）哎！大王好自為之，老夫告辭！
【虞　姬】大王！
【范　增】娘娘善自珍重！

【虞　姬】亞父！

△范增轉身欲走。

【項　羽】（厲聲）范增！

△范增、虞姬都驚悚不已。

【范　增】大王還有何吩咐？

【項　羽】事到如今，你還在給我演戲，我問你，從何時起，你賣身投靠，當了劉邦的奸細？

【范　增】蒼天在上，黃土在下，老臣可以起誓。

【虞　姬】大王，亞父忠心耿耿，天地共鑒。

【范　增】大王啊，這天大的冤枉，完全是無中生有，讓老臣從何講起？起兵八年來，我為你運籌策畫，宵衣旰食，楚營將士有目共睹，大王您……您也不是瞎子！

【項　羽】（拔劍）你竟敢罵我瞎子?!

【范　增】事關名節，老臣據理力爭，絕不惜死！

【項　羽】這麼說是我冤枉你了！

【范　增】願大王講出事實。

【項　羽】我不講諒你也不會承認。

【范　增】大王請講。

【項　羽】前日我派使者入漢營。漢宮擺出盛大宴席，使者方欲就餐，忽出一官盤問來使。當得知使者是我派遣，他即下令撤去美酒佳餚，換上一桌粗糲飯食。他說：我還以為是亞父的使者，原來是項王使者，你只配吃這些粗糙東西。如你跟劉邦無私，怎麼會出現這種怪事?!

【虞　姬】大王，這一定是劉邦的反間之計！

【范　增】（委屈憤怒地）這種淺薄詭計，大約只能騙過三歲小兒！

【項　羽】（暴怒）范增，你剛罵我是瞎子，現在又罵我是小兒，（拔劍出鞘）你以為我真的不敢殺你?!

【項　羽】復國無望，老夫已將生死置之度外，能死在你的手中，也是老夫的造化！大王請吧！

【虞　姬】（挺身向前）要殺亞父，請先殺了虞姬！

【項　羽】（恨恨地插劍入鞘）看在虞的面子上我饒你這條老命，滾吧，從今之後，別再讓我看見你！

【范　增】（悲愴地）大王，好自為之啊！

△　范增前行幾步，突如一堵牆壁，沉重倒地。

△　虞姬撲上前去，痛呼：亞父——

【項　羽】滾起來，別躺在地上裝死！

【虞　姬】（站起來，冷冷地）你已經把亞父活活氣死！

【項　羽】私通劉邦，本該砍他的首級，全屍而死，讓他占了便宜。

【虞　姬】大王，你真令我失望！

△虞姬轉身跑下。

【項　羽】虞，你要去哪裡？

△舞台上只留下項羽孤家寡人，月光熄滅，一束白光籠罩著垂頭喪氣的項羽。

第五節　讓夫

△　臥房。

△　大紅宮燈高掛，紅燭高燒。

△　臥床上掛著紅紗帳，帳上繡著大紅喜字。

△　虞姬獨坐，心事重重。

【虞　姬】大王啊，為了你的千秋大業，妾身今天要做一件驚天動地的大事。這是一副峻烈的苦藥，但願我的夫你能把它吞下。子羽，你不要辜負了我一片苦心……

△　侍衛押著呂雉上。

【侍衛】夫人，遵您的令，已將呂雉押到！

【虞姬】你退下去吧！

△侍衛退下。

【呂雉】不知妹妹把我喚來有何吩咐？

【虞姬】（冷冷地）你自以為知人甚深，料事如神，難道還猜不出我請你來的目的？

【呂雉】（笑道）像妹妹這種癡情女子，除了跟項王那點子纏綿感情，還能有什麼大事？無非是項王出外征戰，妹妹一人孤單難熬，將我拉來與你鬥嘴解悶兒！

【虞姬】你難道不曉得人別三日便應刮目相看？

【呂雉】分別三年，你也是好使小性子的小女子。聽說你經常讓項王趴在地上，給你當馬騎？

【虞　姬】過去確有此事。

【呂　雉】（大笑）我實在想像不出，勇冠三軍、八面威風的西楚霸王，背上馱著一個女人在地上爬來爬去是個什麼樣子……

【虞　姬】這種事情永遠不會再發生了……

【呂　雉】妹妹何出此言？

【虞　姬】（盯著呂雉，一字一句地說）因為我要將他讓給你！

【呂　雉】（愣了片刻，然後大笑）妹妹這個玩笑可是開大了！我懷疑自己的耳朵出了問題！

【虞　姬】沒人跟你開玩笑！

【呂　雉】像妹妹這樣的癡情女子，恨不得將那男人吞到肚子裡；把項羽讓給我？這等於讓老虎從口裡吐出一隻活雞！

【虞　姬】（將呂雉一把推到凳子上坐下）為了大楚國的江山社稷，我願讓你賺這個便宜。

【呂　雉】這是貓戲老鼠的把戲！（站起來）虞夫人，呂雉雖然身為囚徒，也不會任你當傻瓜玩弄！

【虞　姬】（厲聲大喝）你給我坐下！

【呂　雉】（吃了一驚）夫人也能發河東獅吼？這倒有點稀奇。罷了，在人房簷下，不敢不低頭，我就裝一次傻瓜看看你能玩出什麼把戲！

【虞　姬】（脫下身上的紅裙披到呂雉身上，退幾步端詳著）這件紅裙，你穿著比我更加合適！

【呂　雉】（托起裙裾）這是上等的錦緞，劉邦從沒給我置過這樣的彩衣。

【虞　姬】（摘下頭上的鳳冠戴到呂雉身上，退幾步端詳著）這頂鳳冠我戴著晃晃蕩蕩，好像專門為你訂製。

【呂　雉】任憑妹妹你折騰吧，誰讓我比你多了這些年紀。

【虞　姬】讓我看看，果然人是衣服馬是鞍，你年輕了十歲！

【呂　雉】這話我聽了很愜意。

【虞　姬】重要的是你有一顆年輕的心。

【呂　雉】青春將逝的女人，如果心也隨著年齡老，那就完了！

【虞　姬】（端起化妝的盒子走到呂雉面前）這圓月般的臉龐還應該敷上一層粉……

【呂　雉】但願白粉能遮住我的皺紋。

【虞　姬】這腮上的胭脂還可塗得更豔。
【呂　雉】你最好給我塗上兩片紅唇。
【虞　姬】這眉毛還應畫得更細！
【呂　雉】你還要貼上兩片花黃映襯我的雲鬢。
【虞　姬】（放下化妝盒，搬起鏡子）呂雉半老，風韻猶存。
【呂　雉】（打量著鏡子裡的自己，不覺潸然下淚）這是我嗎？
【虞　姬】姊姊為啥流淚，難道不怕淚水污染了臉上的脂粉？
【呂　雉】我跟著劉邦幾十年，顛沛流離，風餐露宿，粗茶淡飯，布衣荊釵，還從沒這樣美麗過……（提高聲音）但這樣的日子很快就要結束了！等我的夫君南面稱帝，我要用五彩的綢緞，縫上一千套新衣；我要用一萬顆珍珠，鑲嵌成我的頭飾，我要用……
【虞　姬】（冷笑道）姊姊這些話，好像癡人囈語！
【呂　雉】我相信不久就會變成現實！
【虞　姬】姊姊，你難道不知道？那劉邦愛的是戚夫人？

【呂　雉】但我的兒子是當然的太子！

【虞　姬】廢長立幼，是常演的宮廷故事！

【呂　雉】（咬牙切齒地）我呂雉不是任人宰割的羔羊，誰如果要奪我的皇后尊位，我讓她不得好死！

【虞　姬】我不懷疑你能鬥過戚夫人，但你能鬥過劉邦嗎？

【呂　雉】妹妹，這場戲該結束了，送我回監房吧！讓我這人質好好活著，也許還能讓項王多支撐些日子！

【虞　姬】呂雉，霸王和漢王正在相持，鹿死誰手，還沒定局。在這關鍵時刻，只要項王能得到一個賢內助，那劉邦之敗就不容置疑。

【呂　雉】（嘲諷地）妹妹不就是賢內助麼？

【虞　姬】人貴有自知之明，我知道，輔助夫君成就大業，我不如你！

【呂　雉】（冷笑）你想怎麼樣呢？

【虞　姬】我走，你留，我要你把子羽培養成一個皇帝！

【呂　雉】（狂笑不止）你這幼稚淺薄的女人，你以為皇帝是培養出來的麼？江山易改，本性難移！狼走遍天下吃肉，狗走遍天下吃屎！

【虞　姬】你難道沒聽說過，近墨者黑，近朱者赤？

【呂　雉】那要日久天長，潛移默化，並不是一朝一夕！更何況你那項羽不是個孩子……

【虞　姬】我那子羽恰恰就是個永遠長不大的孩子……

【呂　雉】你既然立下了雄心大志，完全可以改造你的孩子……

【虞　姬】我跟他嬉鬧日久，已經管不住自己……

【呂　雉】（摘下鳳冠，脫下紅裙）夠了，虞姬娘娘，你把我當猴戲耍已經夠了，我已經盡到了一個階下囚的責任，你就準備好鞍韉鞭子，等著騎你的紅鬃烈馬吧！

【虞　姬】（揪住呂雉，搧了她一個耳光）你這不識抬舉的賤人！你以為我做出這樣的決定容易嗎？你以為我的心不痛苦嗎？你以為我把心愛的男人推到別的女人的床上是兒戲嗎？我的心在流血！不，我是把自己的心挖出來獻給了你！你知道我是多麼樣的恨你，我希望你漂亮，但我又怕你漂亮；我為你化妝美容，又恨不得挖出你的眼睛！但為了大楚國的列祖列宗，為了死不瞑目的亞父范增，我忍痛割愛，我做出了一個女人能做出的最大犧牲，可是你竟然毫不領情……

【呂雉】（深受感動）夫人，難道你真的這樣想？難道你真要捨棄這寶貴的愛情？

【虞姬】我是你的學生。

【呂雉】你又怎麼知道，我不是你的學生？

△幕後傳報：大王車駕已經進城——

【虞姬】（將紅衣穿在呂雉身上，又將一匹紅綢蒙到呂雉頭上。哽咽著）呂雉，你這賤人……姊姊，我的恩人，拜託了……

【呂雉】（掀起紅蓋頭）妹妹，你想讓我在霸王面前出醜？

【虞姬】難道你不喜歡子羽年輕的身體？

【呂雉】你那子羽是與你一樣的癡情種子，他怎麼會喜歡我？你這是往恥辱台上推我……

【虞　姬】子羽心善手軟，最怕女人的眼淚，姊姊是情場老手，如何讓他就範，難道還要我這笨女子教你嗎？

【呂　雉】妹妹……

【虞　姬】他常年征戰，患有寒症，姊姊切記，不要讓他喝涼酒……

△幕後高喊：大王進帳了——

【虞　姬】（幫呂雉拉下蓋頭）拜託了……

△虞姬吹滅蠟燭，抽身退下。

△項羽風風火火地衝上來。

【項　羽】虞，虞！你為什麼不出城接我？為了趕回來見你，幾乎累癱了我們的烏騅馬，（絆了一個踉蹌）你怎麼連蠟燭也不點上？你怎麼一聲也不響？但我知道你在這裡，因為我已經嗅到了你的香氣，你是成心跟我捉迷藏吧？要不就是什麼人惹你不高興了？（在舞台上亂摸著，終於摸到了呂雉，一把將呂雉抱起來，轉著圈子）你這小寶貝，你這小鬼頭，我看你往哪裡躲！（在呂雉的脖子上亂親著）我看你往哪裡藏！你不知道我是多麼的想你……（他突然停止了親吻，將呂雉放到地上）虞，你的氣味不對，你今天用了什麼薰香？你的皮膚為什麼這樣粗糙冰涼？是不是病了？（對外大喊）來人哪！

△侍衛急上。

△呂雉回到原位坐下。

【侍衛】大王！

【項羽】秉燭！

△侍衛點著蠟燭，退下。

【項　羽】（看到滿室喜慶氣氛和紅綢蒙頭的呂雉，頗為驚異）夫人，你這是搞得什麼名堂？啊，我明白了，你是想給我一個驚喜，你想讓我們的感情像那新婚時一樣新鮮純潔……你那顆小腦袋裡，哪來這麼多鬼主意？

△虞姬的畫外音：大王，我的夫君，子羽，我的孩子……你是個頂天立地好男兒，你身邊應該有個深明大義的好女人……你肩負著復興楚國的大任，列祖列宗在天之靈注視著你，上天造就了你偉岸的身軀，賦予你蓋世的勇力，就是讓你當萬民之首，做天之驕子。你肩上的擔子太沉重了，應該有人與你分擔。但你的虞無才無德，難當重任，就像亞父所言，國母尊位，有德者當之。今天，妾身為你選定了一個巾幗英雄，女中丈夫，她雖然不如妾身年輕，但也是肌膚豐腴，月貌花容；她上床解風情，下床議國政，大王，你身邊需要的就是這樣的女人，忘掉妾身，收了她吧，我在江東，為你歌舞，為你祝福，祝大王早登

帝位，天下一統……

△在虞姬獨白時，項羽與呂雉一直在玩著遊戲，項羽想把呂雉的蓋頭揭開，但呂雉機靈地迴避著。好似一段雙人舞。虞姬獨白完，項羽猛地挑開了呂雉的紅蓋頭……

【項　羽】（驚呆）是你?!怎麼會是你！

【呂　雉】（跪地施禮）大王遠征辛苦，妾身這邊有禮了！

【項　羽】（轉身往外跑）虞！夫人！你開什麼玩笑！你在哪裡躲著？快快出來，讓我抽你二十鞭子！

【呂　雉】（滿懷醋意、刻毒地）大王，不要喊了，你的虞姬已經私奔千里，任大王喊破了喉嚨，她也聽不到了！

【項　羽】你這賤婦，竟敢說我的虞姬私奔?!

【呂　雉】不辭而別，不是私奔，又算什麼？

【項　羽】住嘴！我的夫人，不容他人非議！

【呂　雉】不過，虞姬妹妹這次私奔，顧大局，識大體，算得上是一次壯舉！
【項　羽】你嘟嘟噥噥，說了些什麼東西?!
【呂　雉】大王啊！我那深明大義的好妹妹，為了督促你發奮立志，為了讓你能成為千古一帝，急流勇退，臨行之時，將我推上了你的枕席！
【項　羽】你這信口雌黃的賤婦，撒謊也撒得不著邊際！知妻莫如夫，我那虞姬，平生最煩的就是所謂的千秋帝業；最嚮往的就是茅舍桑田，男耕女織。
【呂　雉】我的傻大王，你說的是過去的虞姬，今天的她，已經變了！
【項　羽】（冷笑道）青山易老，本性難移，天變地變，我的虞也不會變！
【呂　雉】大王，豈不聞麥黃一晌，蠶熟一時？你的虞已經變了，否則，她不辭而別作何解釋？
【項　羽】（暴躁地）陰謀詭計，陰謀詭計！侍衛！

△　侍衛急上，跪地：大王……

【項　羽】我問你，夫人去了哪裡？

【侍　衛】小人不知……

【項　羽】立即派人去把她找回來，找不回來，我把你們剁成肉泥！（回頭對呂雉）你這賤人，滾回你的囚室，等我拿住劉邦將你們一鍋而烹之！

【呂　雉】（膝行至項羽前）子羽，我的弟弟，低一下你那高傲的頭顱，看看膝下這個女人，你不知道她是多麼樣地愛你，你不知道她是多麼樣地想你，在醒裡，在夢裡……世界上有千萬種罪名，但愛是沒有罪的。大王你仁慈之名滿天下，為什麼對愛你的女人如此殘忍？（抱住項羽的腿，仰望著項羽）愛是沒有尊嚴的，雖然我與漢王早已分居，但名分上還是他的正妻，為了愛，我像一條狗，跪在你的面前，雙眼流淚，仰望著你，伸出你的手，拉起我，拉起我這可憐的女人吧……

【項　羽】（伸手拉起呂雉，呂雉欲撲進他懷，被推開）你，你們到底搞的什麼把戲，一個蹤影不見，一個哭哭啼啼！

【呂　雉】子羽，虞姬妹妹見你難成大器，已經投奔漢王去了；你知道，漢王對她的美色，早已是垂涎欲滴……

【項　羽】放屁！（拔出劍）如果你再敢胡說，我就砍下你的首級！

【呂　雉】大王，即便你砍下我的首級，我還是要說，虞姬已走，這是不爭的事實。撇下你一個人孤孤單單，姊姊我心中萬般痛惜。男人身邊什麼都可以沒有，但不能沒有女人，因此姊姊我不避形穢，甘心情願自薦枕席。（賣弄風情地）子羽，阿籍，大王，傻弟弟，姊姊我雖然長你幾歲，但這身體還算是婀娜多姿；在感情方面，虞姬是一條清淺的小溪；而姊姊是浩瀚的大海！我要用博大的愛情，包圍你，淹沒你……為了愛我已經不要自尊，不要臉皮；我的親親的弟弟……（跪地，膝行至項羽面前）抱我上床吧，你從虞姬那裡得到的，我會讓你全都得到；你從虞姬那裡沒有得到的，我也要讓你得到……姊姊要讓你知道，什麼叫做女人……

【項　羽】（推開呂雉）笑話！笑話！我項羽是頂天立地的男子漢，還不至於下作到去占有敵人的妻子！

【呂　雉】（站起來）虞姬妹妹臨行時留下一句話，讓我轉告於你……

【項　羽】什麼話？

【呂　雉】如果一個男人連敵人的女人都不敢占有，還成就什麼千古帝業！

【項　羽】項羽去他媽的千古帝業，老子偏要回江東種地！

【呂　雉】呂雉不賢，願為大王生兒育女，操帚持箕！

【項　羽】你這養面首的賤貨，任你花言巧語，我項羽也是心如鐵石！今生今世，除了虞姬，我不會沾第二個女人！趁我還沒有殺你，滾吧！

【呂　雉】（惱羞成怒）你這糊塗蟲，你這傻瓜蛋，你這假正經，你這偽君子，你必將死無葬身之地！

第六節　別姬

△　本節實際上是第一節的繼續。舞台布置與第一節完全一樣。開場時，定格在舞台上的演員突然「活」起來。

【虞　姬】（見到項、呂的親近狀，如雷擊頂，痛苦地）你們……（暈眩）

【項　羽】（撲上去，抱住虞）虞啊，我的親人，我是不是見到了你的鬼魂？

【虞　姬】（悲憤地）放開我，你這負心的人！

【項　羽】不，我再也不放你走了，你我分離已經三年，三年的苦相思啊，已讓我的兩鬢染上了白霜……

【虞　姬】放開我！（掙扎出項羽懷抱）

【呂　雉】（走上前去，擋住項羽）妹妹別來無恙？

【虞　姬】夫人身體安康？
【呂　雉】自從大王將我送回漢營後，我天天錦衣玉食，養得身強力壯！
【虞　姬】夫人身強力壯就更不像個女人了！
【呂　雉】為了你我把自己養得身強力壯——
【虞　姬】為了我？
【呂　雉】你可曾記得三年前欠下我的那筆舊帳？
【虞　姬】你我之間確有筆舊帳，但債主是我！
【呂　雉】三年前你設下迷魂的圈套，讓我在霸王面前出盡了洋相。你踐踏了我的尊嚴，你污辱了我的愛情，我今天來這裡就是專門等你的（拔出劍，猛地向虞姬刺去）
【項　羽】（格開呂雉的劍）賤人，你竟敢拔劍刺我的夫人！
【虞　姬】你這陰險毒辣的女人！（拔劍刺向呂雉，呂雉閃身躲到了項羽身後）
【呂　雉】（撒嬌地）阿籍，看在你我恩愛的份上，替我擋住這個瘋婆娘！
【虞　姬】（痛苦地問項羽）你們恩恩愛愛？

【項　羽】（轉身，但呂雉隨著他轉）你這蕩婦滿口胡言！

【呂　雉】三年前妹妹將我推上大王的婚床，姊姊我自然是當仁不讓！那一夜可真是風情萬種啊，至今日還讓我心馳神往……

【虞　姬】無恥啊，你這蕩婦！

【呂　雉】告訴你吧，阿籍是我的人，你休想把他奪走！

△虞姬幾近瘋狂，仗劍亂刺，呂雉在項羽背後機靈躲閃，項羽大怒。回身時被虞姬刺中了胳膊。

【虞　姬】（拋劍在地，痛哭著）子羽，我的親夫……

【呂　雉】阿籍，我的情郎……

△兩個女人每人抱住項羽一隻胳膊，都是淚流滿面，項羽左顧右盼，不知所措。

【虞　姬】子羽，如果你還愛我，就替我殺了這個賤人！

【呂　雉】阿籍，殺了我吧，姊姊願意死在你的手上……

【項　羽】（振臂將呂雉甩出）滾！你這花言巧語、口蜜腹劍的女人！

△項羽擁抱住虞姬。

【呂　雉】（躺在地上欠起半身，陰險地）虞姬妹妹，漢軍圍困萬千重，不知你是怎麼進來的？

【虞　姬】是漢王派人護送我進來。

【項　羽】（推開虞姬，嫉恨地）你果然是從劉邦那兒來的?!

【虞　姬】是的，劉邦讓我進來對你勸降。

【項　羽】你真地上了那流氓的牙床？

【虞　姬】我親眼看到你們抱到一起，在這萬軍圍困之中做成了野鴛鴦！

【呂　雉】（刻毒地）妹妹不在，姊姊當然可以安慰弟弟。

【虞　姬】大王啊，你真令我失望！

【項　羽】我殺了你們！我要把你們全殺光！（掄劍將桌几劈爛，最後仗劍直指虞姬）你忘了我們的十年恩愛，你忘了我們的海誓山盟！你知道這三年我是怎麼樣地想你嗎？你知道在這重圍之中我是怎麼樣地盼你嗎？三年裡我兩鬢染霜，一夜中我滿頭飛雪……可是你……卻陪著那劉邦上床……

【虞　姬】（悲憤交加，有口莫辯）大王……妾身是乾淨的……我只能以死來證明我的清白……（拔劍欲自刎）

【項　羽】（奪出虞姬的劍）我的虞……你死了我還能活嗎？

【呂　雉】（站起身來，諷刺地）多麼感人的戲劇！

【項　羽】陰險的婦人，給我閉嘴，我差點中了你的詭計！

【呂　雉】項王啊，我對你是一片真情，上可對天，下可對地。

【項　羽】虞，我的賢妻，你不要聽這條毒蛇胡言亂語，這都是她和劉邦設的毒計。她先說你今夜要和劉邦同床共枕，又說你已在彭城自縊身死。她還說要與我突圍歸隱，去山野荒村做一對貧賤夫妻。（轉對呂雉）你這個卑鄙的女人！

【呂　雉】（陰毒地）在愛情面前，沒有卑鄙！

【項　羽】如果你再不住嘴，我就把你砍成兩段，你不要把我的善良，當做軟弱可欺！

【虞　姬】（明白過來，對呂雉）呂雉，你與劉邦同樣地陰險毒辣！（轉對項羽）大王啊，你覺悟吧，再也不要受人愚弄。

【呂　雉】只可惜已經身陷絕地。

【項　羽】虞啊，你來到我身邊，我空虛的心靈便有了依託，只要還有你，世間的一切我都可以捨棄。走吧，我要抱著你突出重圍。這仗，我打煩了，就讓劉邦去做他的皇帝吧，我們回到那會稽山中，過我們的太平日子。

【呂　雉】（冷笑）大將軍韓信指揮八十萬大軍，設下了十面埋伏，方圓百里，盡是漢家旗幟。項王即便是勇力過人，懷抱著女人，與其說是突圍，毋寧說是送死。奉勸項王及早投降，我擔保漢王會善待你們夫妻！

【虞　姬】呂雉，我家項王與劉邦不共戴天，怎會屈下鐵打的雙膝?!我們的事用不著你來操心，想想你自己吧，劉邦愛的是戚夫人，他早晚要殺掉你們母子！

【項　羽】虞，別跟這下賤的棄婦白費口舌，走，我們趁著這月夜，突破這韓信小兒紙紮的障壁。

【呂　雉】（冷笑）我願你肋下生出雙翅。

△　帳外傳來楚歌陣陣。

△　鼓角齊鳴。

△　漢軍齊聲吶喊：項羽小兒，快快投降！項羽小兒。快快投降！

△　項羽暴怒，一手持鐵戟，一手夾起虞姬，狂呼著欲往外衝。

【虞　姬】（掙脫項羽懷抱）大王，先讓妾身為你做一劍舞，鼓起你的萬丈豪氣。

△虞姬抽出項羽鞘中劍，翩翩起舞。音樂聲起，慷慨悲壯。

△幕後男聲獨唱：力拔山兮氣蓋世，時不利兮騅不逝，騅不逝兮奈若何，虞兮虞兮奈若何。

【虞　姬】（且歌且吟且舞）這是一個流傳千古的故事／這是一個歷久常新的話題／桃花三月江南雨／東風吹皺春水池／情從風裡來／愛自浪裡起／遊戲著青梅竹馬／纏綿著柔情蜜意／情哥哥鏗鏗鏘鏘高唱遠征曲／俏妹妹淒淒切切低吟別離詞／甲光向日鬥牛寒／淚眼婆娑長相思／滿腹怨恨／為一愛字／破涕成笑恩情在／青春做伴月圓時／愛是一個猜不透的謎底／愛是一個打不破的禪機／紅粉消磨英雄志／夕陽殘照霸王旗／風從天外來／浪自心頭起／拋棄了兒女情長／割斷了恨縷愁絲／好男兒轟轟烈烈燒透碧雲天／好女子堂堂皇皇遮蓋黃花地／長袖連雲月光舞／劍氣縱橫鬼唱詩／滿腔熱血／寫一愛字／長歌當哭淚滂沱／愛到極致是死時。

△ 虞姬自刎倒地。

△ 項羽撲上去，跪在美人屍前，哭喊：虞啊！

△ 燈光重新照耀著項羽、虞姬、呂雉，定格。

【項　羽】（緩緩站起來，脫下戰袍，撕下壁帳扔到虞姬身上）虞，我的親人！就讓我用楚國的風俗，用熊熊的烈火，送你走上天國之路吧！

△ 侍衛持火上，點燃，熊熊火起，虞姬像鳳凰般從火中站起，她滿面輝煌，格外美麗。

【項　羽】（對侍衛）傳令三軍，準備突圍！

【呂　雉】大王真要以卵擊石？

【項　羽】滾，去告訴劉邦，這錦繡的江山，最終還是要姓項！從前我跟他半是認真半是遊戲，從今之後，我絕不對他講手軟心慈。

【呂　雉】（跪地）項王，我的親兄弟，虞姬妹妹已死，就讓姊姊為你疊被鋪床吧！

【項　羽】（對幕後）弟兄們，拔出劍，舉起戟，跨上戰馬！

【呂　雉】（膝行趨前，抱住項羽的雙腿）求求你，帶上賤妾吧。我現在還是漢軍的主母，可以當你突圍的盾牌。諒那韓信有天大的膽量，也不敢把我攔擋。

【項　羽】（大笑）我項籍堂堂男子，難道還要借一個女人的力量突圍，滾開！

△　呂雉順勢抱住項羽，一邊喊著：項王，我是真心愛你呀！一邊摸出匕首，猛刺項羽。

△　項羽打掉匕首，把呂雉踢出去。

【項　羽】你這條毒蛇，我要把你剁成肉醬！（舉起劍來）

【呂　雉】（躺著，媚態惑人）大王，下手吧，賤妾能死在你的劍下，也是三生造化。

【項　羽】（終究不忍下手）我不願讓手中的寶劍，沾上女人的鮮血！

【呂　雉】（嘆息）項羽啊，你連一個想殺你的女人都不忍心殺，還想成就什麼帝業！

△ 定格，燈光漸暗。舞台上只有虞姬在火焰中站著。

【呂　雉】虞姬，你這有福的女人，你這一生值了，你用真情換來了真愛，我嫉妒你，我羨慕你，我不如你……

第七節　長恨

△明月皎皎，蘆花如雪，江聲澎湃。

△項羽持劍在江邊徘徊。

△幕後傳來烏江亭長的喊聲：大王，快快上船！這是烏江裡唯一的一條船，漢軍追來，只能望江興嘆！

【項　羽】（似乎沒聽到烏江亭長的喊叫聲）虞啊，我已突出了重圍。我縱馬馳騁，斬將掣旗，在我的身後，堆滿了漢軍的屍體。這普天之下，誰能擋住我的劍戟？可我還是成了孤家寡人，一敗塗地。我的兵馬，我的將士，都像攥在手中的沙土，不知不覺中流失。這失敗來得不明不白，蒼天，你不公道，你在捉弄我啊，明明是我連戰連捷，可為什麼只剩下我自己？連我的虞，也捨我而去……

△　幕後，烏江亭長：大王不必心灰意冷，速速上船吧，小人把您渡過去。江東雖小，但地方千里，人口數十萬，足可以讓您重整旗鼓，東山再起。

【項　羽】（動情地）江東，我的父母之邦，埋葬著祖先骸骨的寶地。八年征戰，離井背鄉。那時栽下的小樹，已經長成棟梁了吧？那時咿呀學語的孩童，已經成為少年兒郎了吧？我帶出來的八千子弟，已經變成了曠野的白骨，還有你，我的虞，也做了異鄉之鬼。

△　幕後，烏江亭長：大王，勝敗乃兵家常事，鄉親們依然敬重您。

【項　羽】（悲傷地）縱然江東父老可憐我，仍然擁戴我為王，我也沒有臉再去見他們了；縱然他們嘴裡不議論我，可我的心裡又怎能夠安靜？

△　幕後，烏江亭長：大王，快快上船吧，江東父老需要你。沒有你，我們就會淪為劉邦的奴隸。

【項　羽】（熱淚盈眶地）我的可親可敬的父老鄉親們，你們的寬容讓我感動，更讓我無地自容。看來，我是應該重返江東圖大業——

△　幕後，烏江亭長：大王趕快上船，我已望見了漢軍騰起的煙塵。

【項　羽】可我的心裡為什麼這樣空虛？我的虞她昨夜自刎身亡，即便我當上了皇帝，誰來做我的皇后？你已經成了我生命中的一半，砍掉了這一半，我就像斷了根的禾苗一樣慢慢枯萎！虞啊，你以為一死就能激起我的雄心，我以為你已經激起了我的雄心，但當我面對著這滔滔江水，卻感到了空前的心灰意冷。虞，虞啊，你在哪裡，難道你真的死了嗎？我總覺得昨夜的一切都如夢境。大兵重重圍困，竟然衝進去兩個女人，也許，我見到的只是女人的幻影？也許，你正躲藏在什麼地方等待著我，是在江西是在江東？虞，你在哪裡？我彷彿聽到了你衣裙的窸窣，我彷彿聽到了你輕柔的歌聲，彷彿看到了你飄揚的長袂，宛若翔舞的鳳凰，宛若燦爛的彩虹，虞，你真的來了嗎？

△　舞台後部緩緩升起一個高台。在熊熊的火焰中，站著如同聖母的虞姬。

【項　羽】（像孩童般仰望著虞姬）虞，你果然沒死，你果然活著，你腳踏著紅雲，冉冉上升，難道你已經成了仙人，要去那廣寒宮中陪伴寂寞的嫦娥？帶上我吧，我願意做你忠實的侍從……

△　幕後，烏江亭長：大王啊，漢軍已經逼近了，這是最後的時機，大王，

快上船啊！

△馬蹄聲，吶喊聲連成一片。

【項　羽】（激動地）虞，你慢些飛去，等著我。讓我扔掉這臭皮囊，讓我拉住你的裙裾——

△項羽拔劍自刎，倒地。

△輝煌壯麗的音樂聲中，項羽的身體，像電影中的慢鏡頭一樣，又緩緩地站起了。他向虞姬撲去，虞姬也向他撲來。兩人都像跳「太空舞」一樣，把有限的時空放大延長，舞台一片輝煌。二人終於緊緊地擁抱在一起。

——劇終

鍋爐工的妻子

主要人物表：

【鍋 爐 工】 名叫阿三，原本是一個小山村的善良淳樸的青年，因為善良，與身陷困境的插隊女知青結婚。如果社會不發生巨大變化，他會作為一個好丈夫好父親而平安度過一生。但後來一切都變了。跟著妻子進城，看起來是一步登天，其實是一步踏進了地獄。他的悲劇是好人用好心造成的。

【鋼琴教師】 名叫阿靜，鍋爐工的妻子，原本是插隊知青，後回城。回城時她沒有像大多數與她相同處境的女人那樣與農村的丈夫離婚，而是將他帶進了城市。悲劇由此開始。

【音樂指揮】 名叫建國，原本是插隊知青，阿靜的戀人。他先於阿靜進城，移情別戀。阿靜回城後，二人舊情復萌，阿靜欲跟阿三離婚，但遭到他的阻止。

第一節　重逢

△　鋼琴教師的家。在舞台的一角安著一架鋼琴。這架鋼琴安在這裡直到終場。

△　鋼琴教師坐在琴前，彈著一首寂寞的曲子。鍋爐工坐在一張方桌前，又拘謹又寂寞的樣子。

【鍋　爐　工】阿靜，我說，都什麼時候了，建國怎麼還不來呢？

【鋼琴教師】（繼續彈琴，連頭也不抬）我說過多少遍了?!別「阿靜阿靜」地叫好不好?!（猛擊琴鍵，一聲轟鳴。鍋爐工吃了一驚）難聽死了。

【鍋　爐　工】（拘謹地）我怎麼稱呼你呢？我總得叫你個啥吧？

【鋼琴教師】（厭煩地）啥也不用叫。

△ 作曲家提兩瓶酒，一束鮮花上。

【作曲家】（誇張地）阿靜，阿三哥！

【鍋爐工】（興奮地跳起來）建國！

【鋼琴教師】（緩緩地站起，故作冷漠地）你好！

【作曲家】早就聽說你們搬回來了，（把酒遞給鍋爐工）二鍋頭，勁頭兒衝。

【鍋爐工】（搓著手接酒）怎麼好意思，讓您花錢。

【作曲家】早就想來賀喜了，（把鮮花遞給鋼琴教師，鋼琴教師接花：謝謝）可一直瞎忙，今日總算脫了身，來晚了，賠罪，（雙手拱拳，誇張地）賠罪！

【鍋爐工】您這是說哪裡的話？快坐快坐！阿靜，倒茶！（鋼琴師瞪了他一眼，他頓時氣餒，囁嚅著）倒茶……

【作曲家】（故作輕鬆地）阿三哥，感覺怎麼樣？是城裡好還是鄉下好？

【鍋爐工】（尷尬地搓著手，苦澀地笑）嘿嘿……

【作曲家】剛來麼，難免不習慣。別說你從沒進過城，就連我們這些城裡長大的，在鄉下滾了幾年，剛回來也不習慣。

【鍋爐工】俺是個大老粗，鄉巴佬……

【作曲家】阿三，別這麼說，上溯三代，誰不是鄉巴佬？退回去五十年，這裡是片莊稼地。你先休息幾天，熟悉熟悉環境，我們幫你找個工作，你就是真正的城裡人啦！

【鍋爐工】怎麼好意思麻煩您……

【作曲家】阿三，你這是什麼話？十年前，我跟阿靜掉到冰河裡，要不是你冒死相救，我們倆早就成了鬼啦！那可是救命之恩啊！

【鍋爐工】（不好意思地）那算什麼，那算什麼，趕巧被我碰上了麼……

【鋼琴教師】（嘆氣）最近又有大作問世了吧？

【作曲家】談不上什麼大作，寫了幾個小曲兒，回憶插隊生活的，抒發一下小布爾喬亞的傷感之情。

【鋼琴教師】（指指琴凳）請吧，中國的蕭邦。

【作曲家】（活動著手指坐下）獻醜啦。

△作曲家彈琴，心馳神往的神情。鋼琴教師站在一側，手扶琴蓋，沉浸在樂曲中。

第二節　相會

△舞台一角是一個鍋爐。

△鍋爐工身手矯健地往爐膛裡投著煤。

△爐膛門開啟時，火光照亮鍋爐工的臉。

△舞台的正中是一座拱形的小石橋。

△鋼琴教師與作曲家保持著一定距離上。

△鋼琴教師猛地挽住了作曲家的胳膊。作曲家猶豫了一下，只好順從。二人走上這月下的小橋。

【作曲家】說點什麼吧？

【鋼琴教師】（怨恨地）我們之間的話，似乎都說完了。

【作曲家】怎麼會呢？你知道吧，這座石橋，是什麼時代修建的？這是秦代的石橋，距今已有兩千多年——也許秦始皇曾攜寵姬在這橋上漫步，也許漢高祖與呂后曾在橋上對月舉觴，也許楚霸王與他的虞姬在這橋上鬧過彆扭，也許唐玄宗與楊貴妃在這橋上飲酒賦詩，月光下飛動著羽衣霓裳——多少風流人物都化作了歷史的灰塵，只留下這被人腳磨薄了的石橋，和這輪千古如斯的月亮，人生短暫如白駒過隙，榮華富貴不過是過眼的煙雲，在浩瀚的宇宙中，地球不過是一粒微塵，在月亮的眼睛裡，一萬年也不過是短暫的瞬間。

【鋼琴教師】啊，多麼滄桑——夠了，我不要聽你這些談天說地的廢話。

【作曲家】我說的是實話。

【鋼琴教師】談談歷史，難道就能解除精神痛苦？談談月亮，我也變不成嫦娥。誰知道呢，也許你能成為那伐桂的吳剛。

【作曲家】我沒有那麼高的奢望，能變成桂樹下那搗藥的兔子就行了。

【鋼琴教師】我只希望能變成月宮裡那隻癩蛤蟆。

【作曲家】可月亮只是一個荒涼的星球，上邊沒有空氣，沒有水。

【鋼琴教師】做了半天仙夢，還得回到地上。建國，你說我怎麼辦？我們怎麼辦？

【作曲家】按既定方針辦。

【鋼琴教師】什麼是既定方針？

【作曲家】忘記過去，面對現實。

【鋼琴教師】你真的忍心讓我跟他過一輩子？

【作曲家】阿三是我們的救命恩人。

【鋼琴教師】我已經給他做了十年老婆！我已經把他辦進城裡，我們給他找了燒鍋爐的工作，活兒是髒一點，但工資不低，他已完全可以豐衣足食。那套房子我也不要了，我空身一人離去。我們逢年過節就去看他，將他視為我們的兄長。建國，我知道你沒忘了我，同意我跟他離婚吧，我本來就屬於你的。

【作曲家】阿靜，我不否認我愛你。但阿三更愛你。沒有你我還有音樂，可阿三沒有你會死。

【鋼琴教師】你要我為他殉葬？
【作曲家】人生總是有缺憾，何必這樣感傷。
【鋼琴教師】你根本不懂女人的心。
【作曲家】一步錯，步步錯。
【鋼琴教師】是你錯了，還是我錯了。
【作曲家】我們都錯了。
【鋼琴教師】我沒錯。
【作曲家】阿靜，認命吧。
【鋼琴教師】不，我不！（悲痛地）建國，我不甘心，我不願意。我不能欺騙自己的感情，把自己變成一具行屍走肉。
【作曲家】其實，我覺得，你對他，也是有感情的。
【鋼琴教師】我不否認，我感激他的救命之恩，我感激他在我危難之中對我的幫助，但恩情不是愛情。你是藝術家，難道連這點道理都不懂？
【作曲家】我聽說，你們在農村時，生活還是比較美滿的……

【鋼琴教師】是的，如果我不回城，嫁了他這樣一個人，也就知足了。可我回了城，可我知道你還愛我，可我知道我更愛你……你讓我怎麼忍受？

【作曲家】你相信命運嗎？

【鋼琴教師】我不相信。我要現在。我要離婚！

【作曲家】你會徹底毀了他。

【鋼琴教師】我不管他。我問你。如果我離了婚，你會跟我結婚嗎？

【作曲家】（避開鋼琴教師的眼睛）我不願把自己的幸福建立在他的痛苦之上，他是我們的救命恩人，善良的人……我們不會幸福的。

【鋼琴教師】（絕望地哭起來，作曲家撫著她的肩膀，她抬起頭，目光灼灼）那麼，他要是死了呢？

【作曲家】他是好人，我們不要咒他。

【鋼琴教師】（激奮地）他要被車撞死了呢？被酒精毒死呢？我要用刀子殺了他呢？你說，你會跟我結婚嗎？

【作曲家】（內心震驚）阿靜，那樣，我們連這月下談心的機會也沒有了。

△ 鋼琴教師捂著臉，哭著跑下。

△ 作曲家追下。

第三節　失業

△　鋼琴教師坐在琴前彈奏。

△　琴聲如訴，月光如水。

△　鍋爐工坐在窗櫺前喝悶酒，窗櫺象徵牢籠。

【鍋爐工】（像是說給妻子聽，更像是自言自語）今天是陰曆九月十五吧？這月亮明晃晃的，陰森森的、冷冰冰的，照得這房子，像我們的村裡那個爬滿了蠍子、掛滿了蝙蝠的山洞……這酒，怎麼愈喝愈冷？我身上起了一層雞皮疙瘩……要不是改成集中供暖，鍋爐房該加壓試水啦。大卡車拖著明晃晃的煤塊子深更半夜地開進院子，轟隆，轟隆……煤塊子堆成了山。鼓風機嗚嗚地吹著，爐膛裡的火轟轟響起來了，爐門一開，亮得耀眼啊，烤得皮又痛又癢，多麼舒服，鏟上一鍬煤，我這麼一轉身，一伸臂，唰，小燕兒似的，煤塊飛進了爐膛，像燕兒飛進了窩。煤被燒得冒出了焦油。汗珠冒出來了，毛孔漲開了，就像六月天在地裡鋤高粱一樣……真像那喇叭裡吆喝的，「辛苦我一個，溫暖千萬家」……（喝乾一杯酒，猛拍桌子）可偏他媽的要改成集中供暖！說什麼煙囪冒黑煙污染環境，我們村裡家家戶戶的煙囪都一天三遍冒黑煙，也沒見到污染了環境。天比這城裡的藍，水比這城裡的綠，人比這城裡的人結實，連蒼蠅蚊子也比城裡的個頭大。集中供暖了，煙囪不冒煙了，可這天不照樣烏煙瘴氣嗎？這水不還是一股化學味兒嗎？這人不還是一個個板著臉像死了娘一樣嗎？（瞧一眼妻子，妻子繼續彈琴，又倒一杯酒）集中供暖，砸了我的飯碗，我×你祖宗個集中供暖！（喝酒，捶桌，低頭，俄頃，又抬起頭，神往地）九月老秋，高粱紅沒？紅了，早紅了，收回家了，連頭道高粱新酒都燒出來了……棉花白了嗎，白了，全白了，白花花一片一片又一片，像大雪漫了地，大閨女小媳婦，都去摘棉花，唱著歌，左一把，右一把，左右開弓大把抓……地瓜呢？

地瓜也刨回家了，紅皮的，白皮的，紅瓤的，白瓤的，大蔥，大蒜，大白菜，紅蘿蔔，紅辣椒，大肥豬，大黃牛，大黑驢，大老娘們扛著光腚的娃娃，頭上紮著小辮兒……偏他媽的要集中供暖。集中供暖，砸了飯碗。我這算是幹什麼吃呢？能不能不集中供暖，我給你們白幹行不行？行不行！

△　鋼琴教師彈出的曲調猛然激昂狂暴起來，她通過琴鍵發洩心中的不滿，她的身體大幅度晃動著。

【鍋爐工】（搖搖晃晃地站起來，醉眼朦朧地）我問你哪！你聾了嗎？你啞了嗎？

△　鋼琴教師繼續彈琴。

【鍋爐工】（趔趄到鋼琴前，硬著舌頭）誰讓你集中供暖？（鋼琴教師繼續彈琴，鍋爐工猛地掀翻琴蓋，壓住了她的雙手）能不能不集中供暖?!

△　鋼琴教師冷冷地盯著鍋爐工。鍋爐工故作強硬，但片刻他即渾身顫抖起來。他手忙腳亂地掀起琴蓋。鋼琴教師並不拿開雙手，她保持著僵硬的姿勢，閉上了眼睛。

【鍋　爐　工】（撲跪在鋼琴教師前。懺悔地）阿靜——不不不，你不讓我叫你阿靜了——對不起你，我是個混蛋，我該死，我壓壞了你的手了。（他拿起鋼琴教師的手）

【鋼琴教師】（冷冷地）放開。

【鍋　爐　工】（懺悔地）我混蛋，我幫你揉揉。

【鋼琴教師】（冷酷地）放開。

【鍋　爐　工】（訕訕地縮回手，抽了自己兩個嘴巴）我認錯了，你原諒我吧……原諒我吧……

△　鋼琴教師手指按在琴鍵上，彈出一串雜亂的音符。

【鍋　爐　工】求求你，給我找個工作吧，再這樣閒下去，我要瘋了……

【鋼琴教師】（從衣袋裡摸出錢，扔到鍋爐工面前，冷冷地）這是昨晚上教琴掙的。

【鍋　爐　工】（盯著地上那幾張錢，像盯著毒蛇一樣，他的自尊受到巨大傷害。站起來，狂暴地）我他媽的算是什麼？男人嗎？不是！是人嗎？不是！我連條狗都不如。

【鋼琴教師】（冷冷地）收起你那點可憐的自尊心吧。男女平等麼。當年在農村時，你養活我，現在，我養活你。

【鍋　爐　工】（痛苦地）我沒出息啊，靠老婆養活……不，我不幹，我是男子漢大丈夫，我自己養活自己，我不但養活自己，還要養活老婆，我不讓你半夜三更地教人家彈琴，我要你坐在家裡舒舒服服地彈琴！（軟弱地）求求你了，對建國說說，幫我找個工作吧，什麼苦我也能吃，什麼罪我也能受，掏大糞也行，揹死屍也行，求求你啦……

【鋼琴教師】（冷冷地）別吵了，你也不用去掏大糞，更不用去揹死屍，我只求你別吵，別鬧。

【鍋爐工】（沮喪地）實在不行，我就回去吧……我知道我擋了你和建國的路……

【鋼琴教師】（心中泛起一絲溫情）算了，別說這些沒用的了。

【鍋爐工】（衝動地）我明天就去找建國。

【鋼琴教師】你以為他還會要我嗎？（起身拿腳盆倒水，脫鞋洗腳）

【鍋爐工】就讓我給你洗腳吧。

△鋼琴教師搖頭，苦笑。

【鍋爐工】（蹲在妻子面前，為妻子洗腳）咱們，要個孩子吧……我幹不了別的，在家當老婆看孩子吧。

【鋼琴教師】（冷漠地）我沒有生育能力。

【鍋爐工】（冷笑）你瞧不起我！（提高聲音）你嫌我出身低賤，你不願為我生孩子！

【鋼琴教師】（冷冷地）我說過了，我沒有生育能力！

【鍋爐工】（跳起，從抽屜裡摸出兩個藥瓶扔在妻子面前）這是什麼？你欺負我不識字？可天下總有識字的人！你跟我結婚後，就偷吃避孕藥，你還說是什麼維生素！

【鋼琴教師】（冷冷地）養一個孩子，每月要一千元！你有錢嗎？連你都要靠我養活！

【鍋　爐　工】（尖利地）老子去賣血！

【鋼琴教師】（譏諷地）你有多少血賣？

【鍋　爐　工】老子去——

【鋼琴教師】你能去幹什麼？

【鍋　爐　工】老子去偷！去搶！

【鋼琴教師】真能去偷去搶，也算你有出息！

【鍋　爐　工】（恨恨地）你——你等著瞧吧！

第四節　血鈔

△銀色的月光變成了黃色的月亮。這一節的氣氛既壓抑又瘋狂。

△鋼琴教師坐在鋼琴前。她彈琴的動作幅度很大，鋼琴發出急風暴雨般的轟鳴，暗示著人物內心的巨波狂瀾。

△鍋爐工坐在窗前喝酒。他穿著一套簇新的、但看上去彆彆扭扭的西裝。

【鍋爐工】（興奮地、前言不搭後語地）好東西，真是好東西！有了這東西，要什麼東西就有什麼東西！（轉臉問妻子）你知道我說的是什麼東西嗎？（鋼琴教師猛敲琴鍵）你當然知道我說的是什麼東西。對，錢，是錢。錢，你真是好東西。自從我有了錢，這天，變藍了！路，變寬了！走在街上，那汽車也不對我瞪眼了。我的腳也實落了。我抬頭望天，天不打轉轉了；我低頭看地，地不打旋旋了。我在大街上走路不頭暈了；見了城裡人不害怕了。怕什麼？什麼也不怕，老子有錢！我進了商店，那些塗脂抹粉的娘們，再也不敢用白眼珠子瞅我了。她們齜著牙咧著嘴，對著我笑，好像我是她們的爹。有了錢就是爹，就是爺爺，沒有錢就是兒，就是孫子。那連牆角上那個烤地瓜的老太太，往常見了我，把嘴一撇，鼻子一皺，那張臉，像個發了芽的土豆。現在，大老遠就吆喝，就笑，那張臉，像個開了花的窩頭——師傅，剛出來的地瓜，我給您留著哩！——狗眼看人低的東西，誰稀罕你那地瓜?!老子要下大飯店，吃魚吃蝦，吃明蓋的大王八！老子要吃肉，紅燒肉，焦溜肉，回鍋肉，手扒肥羊肉！老子要喝酒，白酒黃酒葡萄酒。錢，好東西，有錢買得鬼拉犁，可是你——你他媽的你——板著你那張臉，好像一塊青瓜皮！這大半年來，已經不是你養活我，而是我，養活你！（站起來，搖搖晃晃地走到鋼琴前，鋼琴教師發瘋般彈琴）你，不就是會彈兩下破琴嗎？街上彈棉花的聲音，也比你彈出來的聲音順耳。我給你的錢，已經不少了吧？第一次八百六，第二次五百四，第三次三千九，第四次四千七！你給我多少錢，三十，四十，最多一次四十八，最少一次六塊九，可是你苦瓜著張寡婦臉，好像我前輩子就欠你的，我還沒死呢，你就給我戴了孝，一天到晚，穿著這件該死的黑袍子！我到底要用多少錢才能買得你一笑？到底給你多少錢才能讓你放下臭架子？（暴怒地用拳頭擂著琴鍵，琴聲如雷鳴）說！

△　鋼琴教師停止彈琴，冷冰冰的目光直逼鍋爐工的臉。

【鍋爐工】（從床下拖出一個黑色的塑料袋，從袋中摸出一疊疊人民幣，往鋼琴和鋼琴教師身上拋擲著）給你！給你！給你！老子是一家之主，老子弄錢養你！從今以後你別給我去教這見鬼的鋼琴，我要你替老子做飯洗衣！

△　一沓沾著黑紅血跡的人民幣散開。鋼琴教師大吃一驚。

【鍋爐工】你不用對我瞪眼！（撿起一張錢觸到鋼琴教師鼻子邊）告訴你吧，這錢上沾的是血，你聞聞是不是有股血腥氣？老子過了今日不管明日，活一天就要活出點男人骨氣。（趔趔趄趄回到桌邊，沉重地坐下）過來，給老子斟酒！

△鋼琴教師過去，給鍋爐工往大碗裡倒酒，鍋爐工端起酒碗一飲而盡。她連倒三碗，他連乾三碗。

【鍋爐工】（舌根發硬地）你養活我時，我給你洗腳……我養活你，你給老子洗腳！

△鋼琴教師端過腳盆。

【鍋爐工】給老子脫鞋！

△鋼琴教師蹲下給他脫鞋。

【鍋爐工】（捏住鋼琴教師的下巴）你……給老子笑一個！

△鋼琴教師冷冷地仰望著他。

【鍋爐工】（狂怒，搧了妻子一巴掌）你這臭娘們……不會笑，你……會不會哭？

△鍋爐工揮臂又打妻子時，身子一歪，栽倒在地，隨即鼾聲大起。

△鋼琴教師撿起一張帶血的人民幣，匆匆下。燈光暗。

第五節　懺悔

△　一輪綠幽幽的月亮，照耀著似曾相識的小橋，舞台上的一切都是綠幽幽的，鋼琴教師和作曲家的臉像鬼臉一樣。

【鋼琴教師】（懺悔地）看來，把他辦進城市，是我犯下的一大錯誤，可我當時還認為那樣做，是報了他的救命之恩，也維護了道德仁義。

【作曲家】你把他辦進城裡並沒有錯，你錯在用一種獨特的方式把他傷害。

【鋼琴教師】（憤憤地）我打不還手，罵不還口，還要我怎麼樣？

【作曲家】可怕的問題就在這裡，你讓他感到了你對他的極端蔑視。尤其是他失業後，你一次次給他錢，更讓他感到自尊喪盡，於是，他錯誤地選擇了用獲得金錢來贏回自尊的方式。可憐的阿三！

【鋼琴教師】（心虛地）我也沒想到會是這種結局。
【作曲家】（搖頭）我問你，他前前後後給過你多少次錢？
【鋼琴教師】（略一思索）大概是九次，或是十次。
【作曲家】每次都是不小的數字？
【鋼琴教師】對，不小的數字。
【作曲家】你接錢時想沒想過這些錢的來路？
【鋼琴教師】（虛怯地）沒想過……他說他是給人家幹活掙的。
【作曲家】他既無文化又沒技術，幹什麼活能掙到這麼多錢？你的心裡真的沒有懷疑？
【鋼琴教師】（語塞）這……
【作曲家】不要掩飾了，不要不敢承認你計畫的周密。
【鋼琴教師】（著急地）我沒有計畫！
【作曲家】（冷笑）請讓我看著你的眼睛，讓我看看你的靈魂是不是清澈見底。你先是用冷漠激怒他，讓他感到自卑，繼而又用金錢刺激他，讓他發狂，你像一個高明的心理學家，不動聲色地誘導著他，讓他一步步走向深淵，終於，你看到了帶血的人民幣，預期的結果出現了，就像成熟的蘋果砰然落地。然後你灌醉了他，拿上他的罪證，到派出所報案。你幹得多麼漂亮，多麼嚴密。平日裡你像一個逆來順受的賢妻，關鍵時刻又成為大義滅親的英雄，誰也不能對你說出半個不字……

【鋼琴教師】（虛弱地）你……你胡說……

【作曲家】（悲涼地）再過三天，刑場上一聲槍響，一個糊糊塗塗的生命，就這麼糊糊塗塗的結束了，你的心裡難道沒有一絲波瀾，竟然還要商量我們的婚禮。你把我們的救命恩人送上刑場，你的手好像是乾淨的，但你的靈魂已沾上了阿三的鮮血。你的智商太高了，想起來我就不寒而慄。

【鋼琴教師】（掩面慟哭）我是為了愛情……

【作曲家】（嘆息）愛情啊，多少罪惡假錯了你的名字！既然要把你推上絕路，當初何必要嫁他為妻？

【鋼琴教師】（停止哭泣，眼睛裡放出仇恨的光芒，陰森森地笑著）你問我為什麼要嫁他嗎？哈哈，你竟然還問我為什麼要嫁給他！你應該問問你自己，想當年你被推薦回城上大學，臨別時你對我立下了山盟海誓。就在後山那個蠍子爬行、蝙蝠橫飛的岩洞裡，我為你獻出了處女的身體。你讓我等著你，我就等著你，你起初三天來一信，後來一月來一信，再後來就如遠飛的黃鶴，杳無音訊。可我的肚子漸漸大了，我懷上了你留下的孽子。在那個年代裡，一個女青年未婚先孕，要遭受多大的壓力？何況我又是黑五類的子女，爹跳樓，娘病死，我一個弱女子，就像傷翅的小鳥，無枝可依。阿三他一家不嫌棄我，阿三當著眾人宣布，我肚裡的孩子是他的。不久，我產下了你的死嬰，大出血啊，是阿三抽血救了我——阿三哥……我對不起你——就這樣，我嫁給了他，你那時在哪裡？你那時正與那位拉提琴的女人花前月下，你可曾想到我在死亡線上掙扎？

【作曲家】（渾身顫抖，張口結舌）所以，你們進城後，我從內心裡感到高興。

【鋼琴教師】阿三救過你一次命，可他救過我兩次命，所以我明知道不愛他，為報恩還是把他辦進了城。我本以為對你已經情斷意盡，可當我在音樂會上見到你時，心中的感情又死灰復燃，而你，也是來者不拒，你在劇場後台就把我……

【作曲家】我知道我有愧於你，所以我真誠地祝福你與阿三能夠美滿幸福。

【鋼琴教師】是啊，你是多麼高尚，簡直是個道德完人。你明知我愛你，但你卻堅決反對我和阿三離婚。

【作曲家】我已經害過了你，我怎能再害阿三，這個善良的好人。

【鋼琴教師】你愛過我嗎？

【作曲家】當然。

【鋼琴教師】那你為什麼要跟小提琴手結婚？

【作曲家】你可以罵我道德敗壞，但我想是因為我年輕無知。

【鋼琴教師】當我在月下提出跟阿三離婚跟你結婚時你還愛我嗎？

【作曲家】從來沒像那時那樣愛你。

【鋼琴教師】可是你拒絕了我，並對我進行道德說教。

【作曲家】我的確是不想傷害阿三啊！

【鋼琴教師】你是多麼虛偽。是你把我推上絕路，這場戲真正的導演是你。你多麼深刻啊，像個大法官一樣開設道德法庭，像個大偵探一樣進行推理練習。你不但是個作曲家，你更是個邏輯學家，絲絲入扣，鞭辟入裡，你把我說成是殺人兇手，你起碼是我的同謀，我欠阿三半條命，你不但欠阿三半條命，你還欠我兒子一條命，你還欠我的一條命——我也許還能活下去，但活著的僅僅是肉體，我的心已經死了……

第六節　訣別

△　一道燈光照亮了舞台上的牢籠，籠中的人扶著鐵檽站起來，他身上的鐐銬嘩啦啦地響著。

△　鋼琴教師著一襲黑裙，站在牢籠前，沉默不語。

【鍋爐工】（尷尬地）你……你來了……我還以為你不會來呢，我沒有什麼事，就是想見見你……

【鋼琴教師】（把一個包裹遞進去）我給你帶了點吃的。

【鍋爐工】我吃飽了，政府讓我點了菜，我點了紅燒肉，烙大餅，馬牙蒜，羊角蔥，吃得飽飽的，現在還打嗝呢……哎，進城十年了，還是忘不了這些東西，我知道你嫌我嘴裡生蔥生蒜的氣味，你退後點，別熏著你。

【鋼琴教師】（百感交集）阿三……三哥……（她將頭抵在鐵欞上，尖利地）是我把你害了呀……

【鍋爐工】（感動地）你叫我阿三？你叫我三哥啦？（喜極而泣）阿靜，我的親妹子，我又聽到你叫我三哥了……十年啦，你沒叫我三哥十年啦……我足了……知足了……想不到臨死前還能聽到你這樣叫我，我死了，也值了……

【鋼琴教師】（酸楚地）阿三哥。

【鍋爐工】（愧疚地）阿靜，我做了一件對不起你的事……我把你瓶裡的避孕藥，偷換成了維生素，維生素養人，不傷人……

【鋼琴教師】（伸進手去握住鍋爐工的手，百感交集地）阿三……你這憨人哪……

【鍋爐工】我偷換了那藥，你……你還沒有嗎？

【鋼琴教師】（痛極，歇斯底里地）我有了——

【鍋爐工】（興奮地）老天爺爺，爹啊，娘啊，你們聽到了嗎？阿靜有了，咱們家後繼有人了……

△　鋼琴教師捂著臉，哭著跑下。

【鍋爐工】（沮喪地）可是，我看不到自己的兒子了……儘管看不到自己的兒子，但我畢竟有了兒子，對不對？對，我畢竟有了自己的兒子，讓一個城裡的女人，一個會彈鋼琴的城裡女人為我生了一個兒子……我這輩子，值了……

——劇終

訪談

解密《我們的荊軻》

八月二十日，第八屆茅盾文學獎出爐，莫言以作品《蛙》折桂。對於一位扛鼎中國文壇又蜚聲國際的作家，這個獎似乎來得並沒有多大懸念。讀者的期許，業界的認可，莫言的每一部作品都不乏關注。而今年的這個秋天，他的名字則定要被更多次地提起。這一廂，《蛙》摘得茅獎，那一廂，他的首部大劇場話劇作品《我們的荊軻》也已進入最後的合成階段，八月三十一日正式亮相於北京人藝的舞台。在獲獎後一直鮮於接受採訪的莫言比起獲獎感受還是更喜歡談自己的作品。從文學到戲劇，莫言與我們的談話無不圍繞著這部他的大劇場處女作，不提獎項只談創作，他似乎更加游刃有餘，而最後在我們不斷地追問下，他乾脆對這部充滿了隱喻和懸念的話劇來了個劇透式的大揭祕。

●荊軻刺秦的真相——為天下？為諸侯？為報恩？為俠士之名？

【問】您當初為什麼會寫這個話劇？又為什麼會選擇荊軻這一家喻戶曉的歷史人物來作為自己故事的主角呢？

【答】寫戲的動力，一是興趣；二是內心深處有話要說。《我們的荊軻》這個戲題材的選擇是有挺大偶然性的。我曾經給空軍話劇團寫過一個小劇場話劇《霸王別姬》，演出後獲得很大成功，由此也激發了我寫歷史劇的熱情。空軍話劇團在那之後也希望再排歷史劇，請了一位編劇寫荊軻的故事，話劇團希望我參與改編。我看了之後覺得人家寫得挺好，但是我不想按照傳統歷史劇的套路來寫這個故事，我希望能夠解構它，並且上升到一個哲學層面來討論它。於是，我悶在家裡一個星期，寫出了這個劇本。後來部隊整編，這個劇團不存在了。這個劇本就閒置了，直到人藝的任鳴導演看中了它。

【問】無論是文學界還是史學界，對荊軻刺秦這一事件都有很多版本在討論，您到底怎樣解讀這個故事，或者說您筆下的荊軻到底為了什麼而刺秦？

【答】這個故事是個幾乎全民熟悉的故事，無論來源是《史記》、野史或者戲劇戲曲。對我來說這是個優勢，也是個難點。每個人心中都有一個自己的荊軻，我怎樣用嚴密的推演，把我心中這個故事講出來，讓別人看了能夠理解和接受，這是我一直考慮的問題。《我們的荊軻》裡，荊軻最初顯然是為了遵循一個很常規的俠客道的規則，包括各種明的和暗的規則而被捲入刺秦這件事。他對刺秦的目的從一開始就很模糊。他也在不斷尋找自己行為的支點，為自己構建一個刺秦的目的。但是隨著事態的發展，每一個理由都難以說服自己。為了人民不成立、為了正義不成立、為了公道也不成立……於是他尋找到一個千古流芳作為自己刺秦的意義，一個看似激動人心的意義。然而隨著刺秦時刻的接近，隨著他與燕姬之間溝通的逐漸深入，千古流芳的意義其實也被消解掉了。最後，荊軻刺秦只是成為了一件箭在弦上不得不發的事。根本沒有目的！自然也沒有意義。

【問】您怎麼界定荊軻的最後的刺殺行為，悲劇或者鬧劇？

【答】這是一個以我們目下的戲劇觀念很難定位的戲。它有悲劇成分、有喜劇成分、有鬧劇成分，或者我們可以稱之為正劇。但我覺得以古希臘概念的悲劇（而不是以當下被作為喜劇對立面的悲劇）來界定這個戲，還是可以算是比較準確的。

【問】燕姬的真相——杜撰抑或史實？燕姬是您為劇情需要創造出來的人物嗎？她有歷史原型嗎？

【答】《史記》上記載燕太子丹確實給荊軻送過「美人」，也可以算是有原型吧。只是當時是不是就送了這麼一個，而且是他自己的姬人，而且還是一個當初贏政送給他的姬人，那就不得而知了。

【問】關於燕姬，您最後為什麼給了他和荊軻如此出人意料的結局？

【答】我不知道。最初並不是這樣設計的。寫到這裡就覺得，應該是這樣，於是我的筆就變成了刀。也許是因為「你知道得太多了」，也許是因為「她是不是愛著秦王」，也許是因為「西施和范蠡的故事太不可能了」，也許是因為「我看見你就像看著鏡子」……這是個開發式的設計。不管觀眾認為是為什麼我都覺得是對的。

【問】她是這個劇中唯一的女性，您讓這個唯一的女性作為最清醒的存在有什麼深意？

【答】當荊軻刺秦這件事運轉到一定程度時，這個女人成為了最大的情節推動者。我的作品裡經常是女性很偉大，男人反而有些窩窩囊囊的。我一直覺得，男人負責打江山，而女人負責收拾江山，關鍵時刻，女人比男人更堅韌，更給力。家，國，是靠女人的縫縫補補而得到延續的。

【問】燕姬在與荊軻對話時，曾提出擔任刺秦副使，這是否意味著她也不能免俗呢？

【答】人總是在互相改變的。荊軻無疑在被燕姬改變，但燕姬很可能也在被他改變，或者被他們兩個所討論的東西改變。不過我覺得，她也有可能僅僅是為了逃離燕國，她被自己謀畫的西施與范蠡的遠景吸引了。就算她是清醒的，誰說最清醒的人，就一定能夠免俗呢？

●燕太子丹的真相——為國仇還是私怨？

【問】您對燕太子丹的塑造更多的來源是歷史還是演繹？這個人物似乎與以往我們印象中的不太一樣，甚至有點跳梁小丑般滑稽，是您的初衷還是舞台呈現的效果，您為什麼這樣處理這個人物？

【答】我說過，這個作品裡沒有純然的壞人或是好人。燕太子丹這個人物在歷史上就沒有定位，沒有對這個人物心理的刻畫。這個人作為在秦的人質，居然從秦王手中成功遁走，又組織了這場功敗垂成的刺殺案例，在人們心中，這個人物必然是有城府的。我還沒有看到演出，儘管我不知道他還能很滑稽，但是我至少能明確我沒有把它設計成陰險毒辣，二次創作讓這個人物呈現這種效果，我是很能認同的。算是個意外收穫吧。

【問】您認為燕太子丹組織這樣一場刺殺的目的何在？

【答】我覺得在這一干人中，太子丹刺秦的目的應該是相對單純也相對明確的——就是救燕。他的救國之心肯定是真誠的。但是值得一提的是，以他統治者的身分，救國就是救自己。國仇和私怨在他而言，難以割裂。

●莫言的真相——從「我們都是荊軻！」到「我就是荊軻！」

【問】您說過「這部戲裡的人，其實都是生活在我們身邊的人，或者就是我們自己。」《我們的荊軻》是否傳遞出了您自己的某種價值觀？是否有您自己的影子？

【答】肯定是的。我自己經歷了這種過程，之後發現，名利皆虛，「神馬都是浮雲」。但是總要有一種東西支撐我們活下去，人都是有缺陷的，你不可能達到完美，但你至少可以追求純粹。我在寫這個劇本時，前幾稿都在追求共性，我希望表達「我們都是荊軻！」改到最後這一稿，我放棄了之前的立場，我只是表達清楚「我就是荊軻！」我的目光也從外部轉向了內心，這也使我的創作從複雜轉向單純。

【問】您也說過：「我們對他人的批判，必須建立在自我批判的基礎上。」那麼您是以批判的態度來創作這個戲的嗎？

【答】批判是肯定有的，但是同時也有歌頌。批判過度的欲望，歌頌人的覺醒。就像戲裡說的，每個人既是英雄，也是懦夫；既是君子，也是小人。別人我不知道，反正我是這麼看的。當荊軻持圖攜劍走上刺秦之路時，他依然是個小人；但當他在易水河邊呼喚「高人」，看到了螻蟻樣的自己時，他已經成了英雄。他沒有等到來自於他力的拯救，但是他已經完成了對自己的救贖。這種覺醒，是值得我們欽佩和歌頌的。

《我們的荊軻》不是改編作品

【問】很多之前獲茅盾文學獎的作品都曾通過改編在影視領域獲得成功，您之前的作品《紅高粱家族》被改編為電影後更是家喻戶曉，還有根據《白狗秋千架》改編的《暖》也在東京電影節獲獎，對於此次獲獎的《蛙》，您有將其改編的打算嗎？

【答】現在，較之於八十年代，電影對小說的依賴度似乎有所降低。《蛙》當然是一部可以改編成電影的小說，也可以改編成話劇，但我自己暫時不會去改，我想創作新作更重要。

【問】您怎麼看待文學作品的改編？您覺得寫劇本和寫小說有什麼不同？

【答】小說改編成影視或其他的舞台作品，都是個選擇的過程。選取精華，揚棄糟粕。

改編者的眼光和水準，決定了他們能發現什麼樣子的小說，也決定了他們改編出的作品與原作的區別。話劇是離小說最近的藝術，其實，可以將話劇當成小說寫，也可以將小說當成話劇寫。至於影視劇本，有自己的藝術要求。我對此沒有太多發言權。

【問】《我們的荊軻》並不是一部改編作品，而是原本就為了舞台創作的，您能簡單說一下創作背景嗎？這個戲您最初的原動力來源於什麼？

【答】《我們的荊軻》原本就是話劇劇本。最初是為空軍話劇團寫的，但後來部隊整編，這個劇團不存在了。我給這個團寫過一個小劇場話劇《霸王別姬》，演出後獲得很大成功。由此也激發了我寫歷史劇的熱情。我曾經說要寫歷史劇三部曲，但直到現在也沒完成。寫戲的動力，一是興趣；二是內心深處有話要說。

【問】有人認為您在《我們的荊軻》這部作品裡不僅解構了一個刺客，解構了一個荊軻刺秦的故事，甚至解構了歷史，解構了我們一直以來的歷史觀。您是怎麼看待這個問題的？或者說，這是您的初衷嗎？

【答】歷史劇，其實都是現代人借古代的事來說現在的事。但古代的事到底真相如何？其實誰也說不清楚。我們現在看到的歷史，我覺得都被嚴重加工過。我想，所謂古人，從根本上看，跟我們沒有什麼差別。因此，我沒有刻意去解構歷史，我只是把古人和現代人之間的障礙拆除了。

【問】您在文學界已經獲得了毋庸置疑的成功，您怎麼評價自己在戲劇創作方面的表現？

【答】戲劇創作方面，我是一個學徒。但我有成為一個劇作家的野心。

【問】您對《我們的荊軻》的舞台呈現有什麼期待？您對人藝的演員演繹您的作品有什麼期待？

【答】我對人藝的班底非常信任。劇本完成了，剩下的工作歸他們，我不參加任何意見。

《我們的荊軻》是一部解構俠義的戲

【問】看過戲之後，您有什麼樣的感觸，例如有沒有驚喜，或者遺憾？

【答】看戲的時候，我坐在最後一排，一邊看舞台上的演出，一邊聽觀眾的竊竊私語和反應。心中忐忑，充滿期待。我感到劇組將劇本演繹得很好，超出了我的想像。他們將文字，變成了生龍活虎的人物。他們將平面的人物，變成了個性鮮明的人物。主要人物不須說，次要人物，像田光、狗屠、高漸離、秦舞陽、太子丹，都成了「這一個」，這是最讓我驚喜的。我原來最擔心的部分，譬如，高漸離和燕姬講述歷史上的俠客故事，台詞很長，很文，擔心觀眾走神，但現在配上狗屠和秦舞陽動漫般的滑稽表演，就很出彩。舞台設計簡潔古樸，很有匠心。但文字都是楷書，不對，那時的文字應該是篆書吧？這是我的一個朋友提出的意見。另外，舞台上那一池水也顯多餘。

【問】您怎麼想到用這樣一種方式去闡釋荊軻的所作所為？這種想法的產生與您自身的經歷或思考有什麼聯繫嗎？

【答】二〇〇三年，空軍話劇團的領導找到我，讓我幫著他們修改一個寫荊軻刺秦的劇本。我看了這個劇本，感到不對我的思路。劇本走得還是所謂歷史正劇的路子，儘管在故事上有很多戲劇性的想像，譬如他設計了一場戲，在秦都咸陽的小酒館裡，讓荊軻與微服私訪的秦王相遇。這樣的設計不能說不好，但一是距離《史記》太遠，二是不涉及人物的內心，尤其不涉及人物內心的矛盾和痛苦。我想要寫就不應該過多地虛構故事，而是在《史記》提供的有限故事情節內，往人物靈魂深處寫。另外，我們不僅僅是歷史故事的詮釋者，應該讓人物超越歷史，進入現代。更要涉及人類最根本的問題：成長與覺醒。寫戲，寫小說，寫到最後，其實都是寫自己。要麼是以君子之心度小人之腹，要麼是以小人之心度君子之腹。

【問】看了您的《我們的荊軻》，讓我想起了陳凱歌導演之前拍的《趙氏孤兒》，給我感覺似乎大家都不太願意相信曾經有這樣的人存在，有這樣的事情發生，您怎麼看這個問題？

【答】我想不應該懷疑有這樣的人物存在，就像不應該懷疑有真正的愛情存在一樣。但這樣的人物寫出來，往往顯得假，因為他們距離我們自己的生活太遠。為了信仰捨生忘死的人，現在也有啊。但這樣的人，有時候能夠推動歷史進步，有時候會成為反人類的人。我們不應該盲目地歌頌所謂的「俠義」，這種東西，有很大的負面性。因此。我這部戲，也可以看成是一部解構俠義的戲。是想把人的境界從俠義的層面上提高一步。

【問】在劇中，荊軻的所做所想完全不足以名垂青史，那支撐您創作這部戲的動力是什麼？或者說，您寫的這樣一位荊軻是想要表達什麼呢？

【答】我說過好多次，寫人的成長與覺悟，也寫人的困境與無奈。

【問】在劇中，高漸離、荊軻等主要人物一直圍繞著一個話題「成名」，在您看來「成名」對於一個人來說意味著什麼？「成名」與他的信念和追求是什麼樣的關係？

【答】荊軻起初是和高漸離等人一樣的，但他後來覺悟了。覺悟了，但沒有出路，也沒有退路。箭在弦上，不得不發。這裡實際上有兩種人生觀在搏鬥，一種是積極入世的，一種是消極避世的。舊時代的文人，實際上都在這兩條道路間徘徊。人的不徹底就表現在這個地方。荊軻殺死燕姬，是他的不徹底的表現；易水邊的猶豫，也是他不徹底的表現。他知道，真正的「高人」，是不會去刺秦的，也不會去學習傳說中的西施與范蠡。「高人」該怎樣做？他不知道。他可以說是無可奈何地走上了刺秦的不歸路。

【問】在這齣戲的宣傳頁上〈編劇的話〉中您說：「這些人物是所有人，也是我們自己。我們對他人的批判，必須建立在自我批判的基礎上。」這種自我批判為什麼借用荊軻的故事，您所指的「我們」和荊軻有什麼共同之處？

【答】這段話不僅僅適應這部話劇，也適應我最新的小說《蛙》。我覺得，一個寫作者的歷史，也是一個自我認識的歷史，如果對自己都不能剖析清楚，那就不可能認識作品中的人物。敢於將自己心中最黑的部分亮出了，才可能正確認識惡，才可能更正確地認識善。只有認識到自己也是罪人，才可能具有寬大慈悲的胸懷。

【問】此前您在接受採訪時表示，「《史記》更像是現在的報告文學，它所呈現的歷史事件很多具有很強的傳奇性，某些故事當成小說看是完全可以的。」那在您看來，我們應該如何看待所謂的「歷史」？

【答】我們一直將《史記》當信史讀，但其實這部書裡，司馬遷想像的成分很多。他寫的也是他自己心中的歷史。他對歷史人物的愛憎，也影響了他對歷史的真實記錄。我寫《紅高粱家族》時就認識到，歷史其實就是傳奇，因為最初的歷史是口口相傳的，人們在傳說歷史時，都在發揮自己的想像力，添油加醋，誇張神化。我現在還活蹦亂跳，但在我家鄉，已經有人在「神化」我了，譬如說我過目不忘，說我能背誦《新華詞典》，其實，我記憶力很差。所以，我建議將歷史當成文學看。

【問】您覺得對於今天的「我們」來說，除了名利之外，理想和信念還殘存多少，扮演著什麼樣的角色？

【答】名利之心，人人皆有，而且也有推動社會發展進步的積極作用，但如果將此當成最高的追求，顯然是淺薄的。人總還要信仰一點東西，而所謂信仰，終極目的是使人更美好。而只有先使自己美好起來，才可能使眾人美好。

【問】中國的「俠文化」是中國傳統文化極其重要的一部分，您是否認同？還是人們為了某種精神需求而編造出來的？

【答】俠文化，主要源頭當是《史記》，後來的武俠小說又使之廣為傳播。這種文化所宣導的懲惡揚善，除暴安良，當有其進步意義，但俠與法律，經常有對抗性衝突，俠的精神，有很多不符合現代社會的部分，因此應該對其批判。批判並不是全盤否定。

莫言採訪——四

文學沒有「真理」，沒有過時之說

——對話著名作家莫言

【問】莫先生，您好！您的話劇《我們的荊軻》根據《史記》敷衍而成，荊軻刺秦的故事經您演繹，另有一番深意。比如，荊軻變成了一位從最初簡單的想要「成名」到最後擁有清醒的無奈這樣的人物。您為什麼要這樣寫？

【答】我沒有刻意去解構歷史，我只是把古人和現代人之間的障礙拆除了。《史記》中荊軻刺秦故事比較簡單，司馬遷只寫人物行為，沒寫人物心理。我根據這個簡單故事演繹出一台大戲，故事的背後和人物的動機是我的理解。心理分析成為作為劇作的重點。在這部戲開始時，荊軻和一般俠客一樣，想一夜成名，他追求的終極目標是報太子知遇之恩，刺殺秦王，成就千秋大名——哪怕豁出身家性命。但後來他覺得這一切沒有了意義，因為行刺師出無名，由此引發對人的價值的思考。戲中荊軻最後刺秦的時候，已經沒有任何功利，也沒有正義和非正義，只是一場無奈的表演。他什麼都明白了，但看客不明白。這有點像幕後交易了的足球賽，球員們裝模作樣的踢，觀眾卻在那裡揪著一顆心看。

【問】歷史中的「荊軻」變成了「我們的」荊軻，您說您想講的是自己心中的故事，每個觀眾都能從荊軻的身上看到自己，劇中也出現了諸多現代的語言和行為方式，以及對傳統觀點的重新詮釋。

【答】這部戲，有很多後現代的切入方式，它不時地出現，是為了強調和提醒：我們是現代的人，我們要對舞台上所扮演的一切再進行思考，而不要過分沉溺在歷史情節裡。一部歷史戲必須讓觀眾看得到自己，看到身邊的人，這才是有意義的，觀眾也才會往下看。這部戲最終引發的肯定是對當下社會的思考和對自我的思考，尤其對自我的思考。我們忙忙碌碌、奮鬥努力，可到底要實現什麼目標？目標的終極意義是什麼？什麼是完美的人？人怎樣走向完美？這是每個人都要思考的終極問題。我希望觀眾通過舞台上展示的小圈子來考慮現實中自己置身其中的小圈子。

【問】您認為您的「小圈子」文壇和劇中所謂俠客這個「小圈子」有何相似之處呢？您從中看到的是怎樣的自己？

【答】文壇就是「俠壇」。這部劇裡我的很多理解都是由我所處的文壇觸發的。文壇是一個社會圈子，有為民請命的人，有埋頭苦幹的人，有站在高高的樹枝上唱高調的人，也有倚老賣老的人……我自己的靈魂深處也藏著一個荊軻，當然我沒有刺殺秦王。我說的是一種心路歷程。我也經歷著逐漸認識自我，否定自我的過程。我對自己過去的行為，過去的作品一直不斷地否定，不斷地否定自己很多淺薄的想法，作品中很多不成熟的思想表述，不完美的呈現。當年初入文壇，我也想要出名，表現自己，後來我慢慢地認識到有更高的更有價值的東西等待著我去追求。

【問】這個更有價值的東西是什麼？

【答】就是通過寫作，不斷地改變自我，使自己最終成為一個比較好的人。

【問】您的小說以豐富的想像見長，有時還會故意使用一點光怪陸離的描述性語言。

但是話劇是要「說話」的，和小說有所不同。那麼，您寫過那麼多小說後來寫話劇，對駕馭話劇式的語言感覺如何？

【答】寫了小說再寫話劇，覺得更難寫，也更有挑戰性。但當看到你的劇本在舞台上呈現出來，感覺是不一樣的。我以前也有作品被改編為電影劇本，但是電影劇本對語言藝術性和文學性的要求並不是特別強，話劇真正是一門語言的藝術。我覺得我是有這方面的才華的。我過去的小說裡，過於炫目的語言把我寫對話的本領給遮蔽了，寫話劇能激發我在對話方面的才能。小說和話劇實際上可以兼顧——很多作家都是這樣的。老舍先生寫了很多劇本，也寫了很多小說；狄倫馬特、契訶夫、沙特等也都寫過劇本，沙特作為劇作家的成就其實大於他作為小說家的成就。中國作家更有優勢，因為中國的傳統小說非常重視人物對話，每個人物所講的話都要符合人物性格。

【問】您怎麼看話劇這種藝術形式？還有繼續寫話劇的打算嗎？

【答】我最初認為話劇就是一群人在舞台上吵架，是以吵架的形式呈現的，現在明白，不是那麼簡單。話劇的終極目的和小說一致，是寫人，挖掘人的精神世界，內心矛盾，最終還是對人的認識。下一步我要寫我的第三部話劇，一部純粹現實的話劇，爭取在二〇一二年完成。

【問】您覺得好的文學作品有什麼共同的標準嗎？

【答】好的作品首先要好看！好看，不是賣弄噱頭吸引讀者和觀眾，而是一個整體的概念。第一，它的故事要非常精彩；第二，要塑造豐富、立體、典型、有個性的人物。人物既是很多人的集合，也是他獨特的一個人；這個人物既能讓讀者想到他人，想到社會，也能想到自己，這是一個很重要的標誌；第三，出色的語言。文學藝術是玩語言的，如果一個作家的語言很彆扭，疙疙瘩瘩的，那麼他的作品也成不了好作品。所以好的作品是完美的綜合體。

【問】您如何看待當下中國作家群創作能力普遍不如從前的現狀？您認為作家應以怎樣的態度來寫作？

【答】我們確實懷念我們自己的八十年代，我們敬仰十八世紀、十九世紀的大師。可是再過五十年，也許人們也會懷念當下，懷念目前這個時代。魯迅在當年有很多人罵他，張愛玲甚至沒有人瞧得起她，沈從文是幾十年之後才被發現的。所以作家在寫作的時候，不要考慮千古流芳，不要考慮洛陽紙貴，就做一次最完美的呈現，作品出來後，接受與否，隨其自然。

【問】那您對當下文學創作的生態有何看法？

【答】這是水到渠成的事情，只要無害就可以存在。對我而言，我的讀者始終就是這樣一個群體，我該怎麼寫，還是怎麼寫。不會因為環境而改變自己最基本的想法，當然每個作家也有自己的局限性。

【問】您的局限性在哪裡？

【答】我的局限性就在於我的生活經驗。我熟悉農村，我熟悉八十年代、九十年代，對城市相對陌生，對八十後、九十後年輕人的精神世界相對陌生。

【問】您對這種陌生有感觸嗎？

【答】感觸很強。我回鄉下看二十多歲的年輕人和我們當年完全不一樣，追求有著天壤之別。我以我的經驗推度五十年代，七十年代的人，還不至於產生太大的誤差，如果還以當年的想法來推度這一代人，肯定錯位了，這就需要新一代的作家來寫他們的生活。

【問】您對現在新一代年輕的作家有什麼看法？

【答】這一代作家自我的體驗豐富細膩，但社會視角狹窄、歷史感淡漠。我接受、理解這代人。因為回想我們當年寫作的時候，當時文壇的老一代作家對我們也有看法，有這樣那樣的憂慮，一轉眼我們也變成了那個年齡段的人，所以我們對現在的年輕作家應該寬容理解。

【問】您認為偉大作品的產生和作家的歷史感之間有必然的聯繫嗎？

【答】現在對偉大作品的定義也是我們這一代和前輩確定的，下一代人也許就會重新定義偉大的作品，它也許就是內心的深刻的體驗，杯水波瀾……文學的東西沒有必要設置這樣那樣的框架，更沒有為他們設置道路的可能。

【問】對文學個人化的肯定在文學史的歷程上也是有先例的，比如意識流等也形成了一種文學流派。

【答】對，像普魯斯特、喬伊斯，都是高度個人化的封閉的寫作。不但人是封閉的，內心也是封閉的。他們沉浸在對往事的追憶和個人的細微感受中不能自拔，但他們寫出了被譽為偉大的作品。中國文學的傳統，是要有廣闊的歷史畫面，深深的憂患意識，有人的痛苦和命運感，這在現在反而成為一種「控」。現在作家拿起筆來就設置一個百年歷史、幾大家族，也很可怕。現在值得我們思索的是能不能從「歷史控」、「宏大敘事控」中解脫出來，進入這種個人敘事——可是後來我自己還是回到「歷史控」裡去了。所以我覺得，文學沒有「真理」，沒有過時之說，也許現在被否定的價值和寫法，十年之後再寫，又成為一種創新，又會引發新的熱潮。

話劇《我們的荊軻》新聞發布會的書面發言

各位朋友：

在中國，一個作家的劇本，能被北京市人民藝術劇院搬上舞台，是一件值得高興的事。為此，我要感謝張和平院長，感謝任鳴導演，感謝劇組的全體演職員。

儘管我是寫小說出身，但對話劇，一直有著深深的迷戀。我最早變成鉛字的是小說，但真正的處女作，卻是一部名為《離婚》的話劇。那是一九七八年，我在山東黃縣當兵時的作品。那時我在電視上看了一部名叫《於無聲處》的話劇，又讀了曹禺、郭沫若的劇本，便寫了那樣一部帶著明顯模仿痕跡的劇本。此劇本被我投寄到很多刊物，均遭退稿，一怒之下，便將其投擲到火爐一焚了之。

一九九九年，與朋友王樹增合作了一部名叫《霸王別姬》的話劇，曾由空軍話劇團搬上舞台，在人藝小劇場演出過。也曾到慕尼黑參加過歐洲戲劇節，到埃及參加過非洲戲劇節。二〇〇四年，我跟隨這個劇組到馬來西亞、新加坡演出，感受到了海外觀眾的熱情，也感受到了話劇藝術的獨特的魅力。

《我們的荊軻》是我的第二部話劇。

我曾經揚言要寫三部歷史題材的話劇，但第三部遲遲沒能動筆，但我想，總有一天我會把它寫出來。

我覺得，小說家寫話劇，應該是本色行當。因為話劇與小說關係密切，每一部優秀的小說裡，其實都包藏著一部話劇。

《我們的荊軻》取材於《史記．刺客列傳》，人物和史實基本上忠實於原著，但對人物行為的動機卻做了大膽的推度。我想這是允許的，也是必須的。

所有的歷史，都是當代史；所有的歷史劇，都應該是當代劇。如果一部歷史題材的戲劇，不能引發觀眾和讀者對當下生活乃至自身命運的聯想與思考，這樣的歷史劇是沒有現實意義的。

當然，更重要的是，任何題材的戲劇最終要實現的目的，與小說家的終極目的一樣，還是要塑造出典型人物。這樣的人物是獨特的又是普遍的，是陌生的又是熟悉的，這樣的人物是所有人，也是我們自己。

沈從文先生曾教導他的學生汪曾祺先生，「要貼著人物寫」，其實，不僅小說家要貼著人物寫，劇作家也應貼著人物寫，演員也應貼著人物演。我希望劇組的每個人都應發揮自己的創造力，依據劇本但不拘泥於劇本，爭取能將《我們的荊軻》變成所有觀眾的荊軻。

謝謝！

國家圖書館出版品預行編目資料

我們的荊軻 / 莫言著. -- 初版. -- 臺北市 : 麥田, 城邦文化出
版 : 家庭傳媒城邦分公司發行, 2013.01
面 ;　公分. -- (莫言作品集 ; 16)

ISBN 978-986-173-865-9(平裝)

854.6　　　　　　　　　　　　　101026578

莫言作品集 16

我們的荊軻

作　　者　莫言
責任編輯　林秀梅　莊文松

副總編輯　林秀梅
編輯總監　劉麗真
總 經 理　陳逸瑛
發 行 人　凃玉雲

出　　版　麥田出版
城邦文化事業股份有限公司
104臺北市中山區民生東路二段141號5樓
電話：（886）2-2500-7696 傳真：（886）2-2500-1966、2500-1967
麥田部落格：http://blog.pixnet.net/ryefield
發　　行　英屬蓋曼群島商家庭傳媒股份有限公司城邦分公司
104臺北市中山區民生東路二段141號11樓
書虫客服服務專線：(886)2-2500-7718；2500-7719
24小時傳真服務：(886)2-2500-1990；2500-1991
服務時間：週一至週五09:30-12:00；13:30-17:00
郵撥帳號：19863813　戶名：書虫股份有限公司
讀者服務信箱E-mail：service@readingclub.com.tw
歡迎光臨城邦讀書花園　網址：www.cite.com.tw

香港發行所　城邦（香港）出版集團有限公司
香港灣仔駱克道193號東超商業中心1樓
電話：(852)2508-6231　傳真：(852)2578-9337
E-mail：hkcite@biznetvigator.com

馬新發行所　城邦(馬新)出版集團【Cite(M)Sdn. Bhd】
41, Jalan Radin Anum, Bandar Baru Sri Petaling,
57000 Kuala Lumpur, Malaysia.
電話：(603)9057-8800　傳真：(603)9057-6622
E-mail:cite@cite.com.my

封面設計　霧室設計工作室
排　　版　宸遠排版有限公司
印　　刷　前進彩藝有限公司

初版一刷　2013年2月1日

定價／300元
ISBN：978-986-173-865-9